Para João, Marcelo, Osório.

CLAUDIA TAJES

DEZ
(QUASE)
Amores
+10

Belas Letras

© 2017 Claudia Tajes

Uma mensagem assustadora dos nossos advogados para você:

Nenhuma parte desta publicação pode ser reproduzida, armazenada ou transmitida, sem a permissão do editor.

Se você fez alguma dessas coisas terríveis e pensou "tudo bem, não vai acontecer nada", nossos advogados entrarão em contato para informá-lo sobre o próximo passo. Temos certeza de que você não vai querer saber qual é.

Este livro é o resultado de um trabalho feito com muito amor, diversão e gente finice pelas seguintes pessoas:

Gustavo Guertler (edição), Fernanda Fedrizzi (coordenação editorial), Germano Weirich (revisão), Celso Orlandin Jr. (projeto gráfico) e Marina Viabone (capa)

Obrigado, amigos.

2017
Todos os direitos desta edição reservados à
Editora Belas-Letras Ltda.
Rua Coronel Camisão, 167
CEP 95020-420 – Caxias do Sul – RS
www.belasletras.com.br

Dados Internacionais de Catalogação na Fonte (CIP)
Biblioteca Pública Municipal Dr. Demetrio Niederauer
Caxias do Sul, RS

T135d	Tajes, Claudia
	Dez (Quase) amores + 10 / Claudia Tajes. _Caxias do Sul, Belas Letras, 2017.
	200 p.
	ISBN: 978-85-8174-360-8
	1. Romance. I. Título.

17/77	CDU 821.134.3(81)-34

Catalogação elaborada por
Maria Nair Sodré Monteiro da Cruz CRB-10/904

Apresentação

E m dez anos, você acredita que sua vida terá dado uma guinada. Em dez anos, você espera estar mais madura, com a carreira mais sedimentada e com o amor que sempre sonhou: dinâmico (mas estável) e louco (mas seguro).

Dez anos parece tempo suficiente para nossas contradições evoluírem para algo parecido com sabedoria.

Só que para Maria Ana, uma colecionadora de frustrações amorosas, dez anos não fizeram tanta diferença. Antes uma balzaca, agora uma quarentona, continua expert em cruzar com os tipos mais esquisitos e, mesmo reconhecendo que ela é areia demais para o caminhão deles, ainda se mete em furadas que todas as mulheres são alertadas para evitar. Mas alguém consegue? #somostodasmariaana

Quem mudou nesses dez anos foi Claudia Tajes. Se no primeiro volume de *Dez (Quase) Amores* já nos fazia rir com as trapalhadas de sua personagem, agora ela tripudia: é uma gargalhada seguida de outra. Cada vez mais inspirada e com a mão firme para a comédia de costumes, Claudia nos conduz para o maravilhoso mundo da bizarrice romântica e faz do "não dar certo" seu grande acerto literário.

Tanto no primeiro livro como nesta continuação, Maria Ana deseja o mesmo que os sete bilhões de habitantes do planeta: que alguém perceba sua presença por mais de dois minutos e, se não for pedir demais, que se apaixone por ela. Eu me apaixonei. Não que eu faça o tipo de Maria Ana, mas quem resiste aos encantos dos personagens de Claudia? Se a saga continuar, profetizo que Maria Ana, daqui a outros 10, então cinquentona, ainda estará em busca da realização que julga merecer. A Claudia? Não precisará esperar isso tudo: já mostrou a que veio.

Martha Medeiros

Antes de mais quases

E ste é um livro que intercala meus quases de antes com meus quases de agora.

Antes, eu tinha muitas ilusões, não estava nem aí para o politicamente correto, queria ganhar fama e fortuna trabalhando (ainda não sabia que fama e fortuna não vêm com o trabalho) e acreditava que, em algum lugar da minha história, haveria um grande amor à minha espera.

Resumindo: era moça demais.

Agora eu já casei. Já descasei. Já levei muitos pés na bunda em empregos e relacionamentos. Tomo mais cuidado com a língua. Tenho sérias dificuldades para acreditar nas coisas e, feitas as contas, vejo que o tempo acabou com quase todas as minhas certezas.

Resumindo: algo me diz que amadureci.

Este é um livro em duas partes, passado e presente intercalados, mas não termina aqui. Porque, embora cada vez mais eu aceite que a vida é feita de pequenos acontecimentos ordinários, ainda acho que deve haver alguma coisa muito boa guardada para mim em algum lugar da minha história.

A diferença é que hoje, em lugar de ficar esperando, eu estou sempre atrás dela.

(Quase) um começo

No início eu sou jovem o bastante para ter certeza de tudo, principalmente que jamais vou olhar para alguém chamado Vanderley ou Dejair.

No sábado, como sempre, saio com a mesma roupa e as mesmas amigas para outra festa igual a todas. Sei que logo estarei dançando com o cara mais gordo ou o que se apresentar com mais espinhas, dois recordes que consigo manter sem nenhum esforço.

O Rogerinho da turma 2B, aquele conhecido por Baleia Assassina, o Rogerinho famoso por nunca conseguir mulher, parece disposto a quebrar a maldição hoje. Pior: comigo. Pelo jeito, antes o Rogerinho vai quebrar todos os meus ossos, me espremendo como agora contra uma parede. Felizmente alguém para sorrindo ao meu lado. Tenho miopia desde os nove anos, mas você não quer que eu esteja de óculos aos dezesseis, num sábado à noite. Sem enxergar se conheço o indivíduo ou não, mas vendo nele a possibilidade de escapar do Rogerinho com vida, sorrio também. O ser pergunta meu nome e se apresenta.

– Prazer, Bejair.

No segundo seguinte reviso mentalmente todas as minhas posições morais, éticas e espirituais e considero que este nome não se enquadra na categoria dos proibidos. Até porque nunca havia me passado pela cabeça que existisse um nome assim, Bejair.

Então me vejo com Bejair no portão da casa. Ele conta que o avô tem um avião, que a família planta alguma coisa que eu esqueci em uma cidade que eu não lembro, que está no segundo ano do colegial e quer ser engenheiro, que usa bombacha nos finais de semana.

É um sensível, penso eu, embriagada pelo hálito de cachorrinho--folhado dele.

Bejair tenta me beijar, eu acho meio cabalístico, mas não deixo. Trocamos os telefones e antes de dormir eu ainda encho o rosto de creme Nivea, caso vá precisar de uma pele macia nos próximos dias.

2

– É o Bejair para você.

Tento ignorar a ironia sutil na voz da minha mãe. Ensaio rapidamente como vou atender.

– Oi, Beja, tudo legal?

– Daí, Bejair, que que manda?

– Fala, Bebê!

Finalmente me decido pelo clássico.

– Alô, Bejair, que surpresa!

Ele me convida para ir ao cinema. Se eu aceitar, será a primeira vez que faço isso com alguém do outro sexo. Dizer com um homem seria um pouco precipitado da minha parte.

Aceito. Minha mãe deixa. Às quatro da tarde do outro dia encontro Bejair na frente do cinema. Ele escolhe o filme, uma versão da Branca de Neve com a mulata Adele Fátima, o bumbum que na época equivale aos das sheilas de hoje.

O filme é um pornô familiar com sete anões tarados e a mulata de neve querendo dar para eles o tempo inteiro. Emocionado com o roteiro, Bejair pega a minha mão. Eu deixo. Bejair beija a minha mão. Eu deixo. Bejair quebra o meu pescoço, vira a minha cabeça na direção dele, enfia a língua pela minha boca e me dá o que alguns homens mais tarde eu descobriria ser um beijo.

Não sei como o filme terminou. Bejair e eu pegamos o ônibus para voltar, um sem coragem de olhar para o outro. No portão, Bejair pergunta se pode repetir a experiência, e realmente aquilo parecia mais uma experiência que um beijo. Eu deixo.

Entro em casa e olho tudo diferente. Minhas duas irmãs me parecem infantis demais, agora que eu já sei beijar. Não tenho fome, mas de qualquer jeito a louça do jantar é minha. Acabo comendo uma montanha de pão e antes de dormir ainda penso que não passei o creme Nivea e posso precisar da minha pele macia amanhã.

3

Bejair não liga.

4

Bejair não manda um telegrama.

5

Colo cartazes com a foto do Bejair pela cidade.

6

O sábado chega, como sempre. Minha mãe, que cismou de me achar muito quieta de uns dias para cá, compra uma blusa nova para eu usar com a mesma saia e as mesmas amigas na festinha da noite. Estou dançando com um gordo cheio de espinhas quando a dona da casa fala que um amigo dela quer me conhecer. Peço licença ao gordo e um magro com uma violenta crise de acne se apresenta para mim.

– Prazer, Vanderley.

7

Fim.

(Quase) um carma

— **M**aria Ana.

A secretária do médico chama o meu nome para fazer o cadastro. Faz quase uma hora que passou a minha vez de ser atendida, mas a gente sabe que funciona assim nos consultórios. Se você não chega a tempo, perde a consulta. Se o médico atrasa, você espera. E espera. E espera. Ainda mais no dermatologista. São muitas as pessoas atrás de botox hoje em dia, apesar do preço. Se fosse mais acessível, esta sala estaria mais lotada que emergência de hospital. Não que não seja uma emergência. Se eu ficar mais um dia com essas rugas que apareceram do nada na minha cara, vou precisar de um cardiologista. Meu coração não aguenta ver o que os anos fizeram comigo. A sorte é que comecei a não enxergar muito bem de perto, assim a minha imagem no espelho não fica tão nítida a cada manhã. Sábia natureza.

— Maria Ana.

Levanto com meus documentos, carteira do plano de saúde e identidade. A imagem do RG não me representa. Estou feia como em toda foto 3x4, só que pareço uma filha minha. O rosto é mais redondo, o contorno mais definido. Até a boca parece outra. Mas a maior diferença está nos olhos. Onde foi parar aquela inocência?

A secretária olha para a foto, olha para mim, olha para a foto, olha para mim. Nem a imigração norte-americana examinou meu passaporte com tanto rigor. Devolve a carteira do plano de saúde, diz que ele não cobre o procedimento. Se um dia eu concorrer a algum cargo público, vou lançar a Bolsa Botox. Menos rugas para todos por valores acessíveis.

Saio do consultório com o rosto todo deformado pelas picadas de injeção. Se alguém perguntar, vou dizer que topei com uma colmeia de abelhas africanas. Quase não doeu, antes de me furar a médica passou gel, gelo, anestésico. Minhas próximas metas são um preenchimento facial, raio laser para recuperar a elasticidade da pele e um tratamento para a flacidez do corpo. Vou vender o carro e comprar minha passagem nessa máquina do tempo.

E é assim que eu começo o primeiro dia dos meus quarenta e três anos.

Querendo ter vinte outra vez.

( )

Depois de meses sem conseguir um trabalho sequer como jornalista, sou contratada para fazer o perfil do dono de uma rede de lojas de departamento para *O Lucrativo*, jornal digital dirigido ao comércio da cidade. Isso no dia do meu aniversário e na tarde em que fiz botox pela primeira vez. O entrevistado, Ademar Russo, vai pensar que estou com uma doença infecto-contagiosa-radioativa. Antes isso do que perceber a minha toxina. O segredo da juventude é esconder que você está tomando medidas extremas para continuar aparentando alguma juventude.

Tenho meia hora para chegar ao escritório do empresário, que destinou vinte minutos para me contar toda a sua história. Vejo na internet que ele tem noventa e dois anos. Com sorte, conseguiremos chegar até 1940. Quando abro a porta para sair, dou de cara com meu ex-marido Orly, com quem fiquei casada por nove meses e nove dias. Cabalístico. Veio me dar os parabéns?

– Maria Ana, vim para resolver os seus problemas.

A entrevista com o empresário é um pequeno alento na minha carreira de jornalista, quase abandonada pela de tradutora por absoluta falta de lugares para exercer os meus predicados de repórter. Já Orly me oferece esperanças. Só posso pensar que, enfim, vai devolver os R$ 40 mil reais que raspou da minha poupança há oito anos, quando cismou de levar minha então sogra para Paris. Estávamos no fim do nosso casamento quando ela foi diagnosticada com um tumor no duodeno. Orly não descansou enquanto não tiramos até o último centavo da minha aplicação. Segundo ele, a mãe não poderia morrer sem realizar o sonho de ver a torre Eiffel de perto. Fanática por Paris, a velha chegou a colocar em Orly o nome de um dos aeroportos da cidade. Eu teria preferido Charles de Gaulle.

Fato é que o diagnóstico estava errado. A mãe de Orly tinha uma úlcera perfeitamente tratável, tanto que continua viva e de vez em quando me liga a cobrar. Já que ela não estava condenada, Orly decidiu viajar sozinho. Deixou a mãe comigo e, precisando comprar apenas uma passagem, foi de business class. Voltou um mês depois trazendo para a velha uma miniatura do Arco do Triunfo que brilhava no escuro. Eu ganhei um perfume Paloma Picasso de 30 ml, aposto que de camelô.

A pergunta que vale um milhão é: saio para a entrevista ou fico para Orly me devolver o dinheiro?

Ambas as alternativas estão corretas.

Ligo para a assessora do empresário Ademar Russo e negocio o início da entrevista para dez minutos mais tarde. Mas o horário do término continua sendo o mesmo, ela me diz com firme deseducação. Paciência. Avançaremos até 1930 e depois recorro ao Google.

– Você tem dez minutos para resolver meus problemas.

Orly entra no apartamento com ares de morador. Estamos separados há tanto tempo e, sempre que vem aqui, ele abre a geladeira como se fosse encontrar as azeitonas recheadas com atum e o suco de uva orgânico com que o abasteci durante todo o nosso casamento. Senta no lugar que achava que era dele, e que apelidou de *cadeira do paizinho*. Na verdade, a MINHA poltrona retrátil que vira quase uma cama para ver as séries do Netflix. Como a minha vida era mais ativa antes da invenção do Netflix.

Sem que eu tenha tempo de perguntar se o assunto que o traz é saldar a dívida, Orly toma a palavra. E já sai pisoteando nela.

– Maria Ana, sempre que eu fazia amor com você, algo me dizia que você ficava incompleta. Que faltava alguma coisa para você se sentir mu-lh-er.

(Não me pergunte a razão, mas é assim que fica a separação das sílabas quando Orly fala *mulher*).

– Jura? E eu achando que você nunca tinha notado que eu estava lá.

Outro teria se magoado, mas não Orly. E, a bem da verdade, foi por isso que casei com ele.

Orly era da área comercial do último jornal de papel em que eu trabalhei. Não foi uma época feliz. Meu desinteresse pelo jornalismo, que já vinha de decepções passadas, aumentou ainda mais com o trabalho que eu fazia e o salário que me pagavam. Sem falar na linha editorial, que me obrigava a dar explicações aos amigos. Não, eu não concordo com nada daquilo, apenas preciso pagar as minhas contas. Eu estava com 34 anos – e ainda lutando para manter a pureza dos meus 24.

Em uma quarta-feira que parecia igual a todas as outras, fui demitida. O Diretor de Redação não deu nenhuma grande justificativa, o jornal estava satisfeito com o meu trabalho, mas era hora de abrir oportunidade para as caras novas. Na ocasião eu ainda achava a minha cara bem nova, diga-se. Saí com meus poucos pertences, que cabiam na gaveta dividida com dois colegas, e ainda levei, por engano, o emplastro de nicotina de um deles. Antes de entrar no carro, que tinha 23 prestações a pagar, sentei na beira da calçada. E chorei.

Foi nessa hora que Orly se aproximou.

– Tem duas coisas que me partem o coração. Uma delas é ver uma mulher bonita chorando.

Engoli algumas lágrimas para perguntar.

– E a outra?

– É ver uma mulher feia chorando.

Não sei em qual categoria Orly havia me incluído, mas achei simpático quando ele ofereceu o peito da camisa para secar o meu rosto. Tinha perfume de madeira misturado com um leve suor. Foi reconfortante.

Já o havia visto algumas vezes na redação, sempre envolvido em alguma confusão por causa da venda de um anúncio de garotas de programa no meio de uma matéria sobre a Páscoa, por exemplo. Orly fazia qualquer negócio que lhe garantisse a comissão. E fazia sem dúvidas, e nada mudava a ótima opinião que ele tinha dele mesmo. Para alguém com problemas de autoestima, essa é uma qualidade mais atraente que beleza e inteligência. Ou talvez não, mas beleza e inteligência Orly não tinha. Ao saber que eu falava francês com fluência, o interesse dele aumentou. Começamos a sair. Um dia cantei *A Marselhesa* de brincadeira. Foi o que bastou para receber um pedido de noivado.

Em duas semanas Orly já morava na minha casa. Em três me deu um anel que era da mãe dele – sem a velha saber. Em cinco semanas estávamos casados no cartório, em comunhão parcial de bens e com planos de providenciar um filho ainda para aquele ano. Teríamos que ser rápidos, abril já chegava ao fim. O bebê precisaria nascer prematuro.

Mas eu não engravidei. Meu médico disse que podia ser por causa da ansiedade de resolver a coisa tão rápido. Também podia ser pela minha preocupação em ser uma futura mãe desempregada. Ou porque eu tomava anticoncepcionais há quase vinte anos. Motivos não faltavam e Orly tratou de deixar claro que nenhum era da responsabilidade dele. Eu admirava esse jeito decidido de sempre tirar o corpo fora, algo que jamais consegui fazer. Mas essa era uma admiração que sempre se voltava contra mim. E logo virou decepção.

No segundo mês mandei Orly embora, mas ele alegou que tinha mudado do apartamento que dividia com um amigo adolescente infrator em fase de recuperação por minha causa. Precisava de prazo para encontrar outro lugar. Deixei que ficasse por mais um mês, esticado por outros seis. Finalmente Orly se foi levando metade dos móveis e a TV da sala. A cadeira do paizinho só ficou porque ele não quis assumir o carnê com quatro prestações por vencer da Móveis Rainha.

Durante o nosso breve casamento Orly reatou com uma ex-noiva e eu fiquei com um ou outro fulano sem importância alguma. Também comecei a fazer traduções do francês para uma editora, o que, desde então, paga as contas da casa. Depois dele tive dois namorados, nada que me entusiasmasse muito. E agora, aos quarenta e três, mais perto dos 50 que dos 30, duas vezes os meus vinte – e com troco –, bem quando resolvo fazer um tratamento estético para me sentir mais jovem e, se tudo der certo, mais otimista diante das minhas possibilidades, Orly acena com a solução dos meus problemas.

– E é para você se sentir mais mu-lh-er que eu lhe ofereço a oportunidade de cuidar da filha da Soninha três noites por semana.

– Soninha?

– Minha namorada.

Demora a fazer sentido. Tenho que ir juntando as coisas aos poucos, bem aos poucos. Porque um dia eu quis ser mãe, Orly tenta me empurrar uma criança desconhecida, filha da atual namorada dele, para que eu cuide nas noites em que o casal se diverte. Pergunto sobre os quarenta mil, ele quase perde a linha.

– Quarenta mil? Isso é parte da nossa história. Como você consegue ser tão mesquinha?

Para não passar meu aniversário na penitenciária feminina, peço para que Orly se retire sem falar mais nada. Mas ele fala.

– Da próxima vez que você fizer botox, vou indicar um amigo que parcela em seis vezes. Só dizer que o Orly indicou.

...

Dirijo até o escritório de Ademar Russo sem parar em sinal algum. Vou ganhar R$ 600 pela matéria. Descontadas as multas que levarei até lá, posso me dar por satisfeita se sair devendo R$ 300, no final de tudo.

Os dez minutos da entrevista não dão nem para o começo. Para minha sorte, seu Ademar simpatiza com a pobre jornalista em apuros e marca uma nova sessão às cinco da tarde de amanhã na Serra, onde fica a sede das Lojas Russo. E ainda vai pagar a minha gasolina. Aposto que come os concorrentes vivos, mas comigo é um gentleman. Me acompanha até a porta, se despede com dois beijos e um conselho.

– Não baixe a cabeça pelas próximas horas, é melhor para o rosto assimilar o botox.

Na próxima vez preciso lembrar de desmarcar todos os compromissos quando fizer as injeções.

(Quase) a revolução

E stou na faculdade. Faço jornalismo na universidade federal e quero ser correspondente de guerra, como 99,99% dos meus colegas.

O primeiro dia de aula ainda nem terminou e eu já fui cooptada para a luta armada. Dei sorte: amanhã começa uma greve de estudantes contra o aumento no restaurante universitário. O almoço vai passar de dois dinheiros para dois dinheiros e trinta centavos e nós, estudantes, não podemos pagar por mais este ato do imperialismo.

Pretendo passar a minha vida acadêmica inteira sem chegar perto daquela comida, mas entro em greve por solidariedade. Solidarnosc, como diz meu novo bottom com o logotipo do sindicato do Lech Walesa (novas gerações, favor não confundir com a Vodka Walesa).

Chego em casa e o meu pai fala horas sobre a decadência da política estudantil. No tempo dele os universitários pararam pelo petróleo, agora é pelo bandejão. Concordo com tudo, mas continuo de cadernos cruzados.

Minha vida se resume a ir até a faculdade e ficar lá o dia inteiro, sem fazer nada, só ouvindo alguém berrar *Caminhando e Cantando* ao violão. Às vezes me chamam para fazer piquete na frente do restaurante e é absolutamente constrangedor explicar para os coitados que querem almoçar lá que por trinta centavos eles estão colocando em risco a democracia do ensino, para não dizer a do país.

No saguão da faculdade de direito, onde os estudantes se concentram, não demora para começar a troca de olhares entre companheiros e companheiras. Desde o primeiro dia da greve tenho notado um certo interesse por parte de um tipo moreno, magro e com uma espécie de tique que o faz tremer todo. Ele dá tanta bandeira que eu acabo arriscando umas olhadas. Afinal estou ali sem fazer nada mesmo, só ouvindo alguém grunhir *Vento Negro* no bongô.

No fim de mais uma tarde em que a repressão infelizmente não veio para nos levar, sento no chão gelado para ler algum texto leve do Trotsky em corpo quatro. Então ouço.

– Você é bem bonita.

2

Em um segundo radiografo completamente o cidadão.

Não é feio, mas parece meio maltratado. Ainda não sei dizer a idade, com certeza tem bem mais que os meus dezoito. Usa o figurino básico da época: calça encardida com uma faixa peruana como cinto, camiseta Hay que Endurecer e alpargatas. O cabelo é escuro com alguns fios brancos. Tem uma bolsa de pano atravessada e alguns livros perdendo a capa na mão.

Agradeço pelo você é bem bonita e fico na minha. O tipo diz que vem me observando há alguns dias, como se não soubesse que eu sei. Pergunto o nome, é Reginaldo. Tento me imaginar dizendo Reginaldo, meu amor. Vou ter que treinar muito.

No fim do dia já sei que ele integra uma organização estudantil, que faz mestrado de sociologia, que seu único dinheiro vem de uma bolsa de estudos de algum órgão de pesquisa estatal e que mesmo assim quer derrubar o governo.

A essas alturas já estou apaixonada. Me vejo velhinha ao lado de Reginaldo, na nossa casinha nos confins da periferia (ele é da extrema esquerda), com nossos inúmeros filhos, netos e vira-latas pulando ao redor.

Vou embora pensando nele.

3

Encontro Reginaldo na faculdade de direito. Vamos tomar um café enquanto ele lê a *Folha de S. Paulo*. Reginaldo fala pouco hoje, está mais interessado numa reportagem sobre o Fagner. Temo que ele possa gostar também do Zé Ramalho.

Quando termina de ler, Reginaldo diz que tem uma revelação para me fazer. Preparo a minha cara de receber declarações de amor, mas o que ele me conta é que está em campanha para arrecadar dinheiro para a luta estudantil.

Reginaldo diz que eu devo contribuir por amor à causa e não a ele. Sou obrigada a confessar que não tenho um centavo, mas ele aceita também joias e obras de arte. Minha única joia é uma correntinha de ouro com o meu nome, ganhei quando fiz quinze anos.

Reginaldo diz que eu só posso doar se realmente acreditar no que estou fazendo. Acredito que vai dar a maior confusão se a minha mãe descobrir, mas acabo doando a correntinha.

Reginaldo anota meu nome em um caderninho e vamos juntos para a faculdade de direito.

A tarde sem fazer nada nunca passou tão depressa. Começa a anoitecer e Reginaldo me acompanha até a parada do ônibus. É neste lugar tão encantadoramente proletário que damos nosso primeiro beijo.

Combino de encontrar Reginaldo no apartamento dele amanhã.

4

Estaciono o carro do meu pai a muitas quadras para Reginaldo não achar que eu sou burguesa. Caminho por lugares ermos e sombrios que nunca iria conhecer, não fosse o amor. A cada esquina agradeço a Deus por não estar morta e estuprada, o que ocorrer primeiro. Já vi ruas melhores, penso quando finalmente chego. O prédio dele também já viveu dias mais gloriosos. As paredes estão descascadas, os vidros quebrados e a porta parece sofrer de arrombamento crônico.

Toco a campainha. Subo as escadas correndo para não dar tempo de voltar. A porta do apartamento está aberta e Reginaldo parado ali, me olhando. Eu esperava encontrar um pardieiro, e encontro. Ando pela sala com móveis velhos e feios, faço que me espanto com a pia cheia de louça podre, até no banheiro eu vou, mas não chego nem perto daquele vaso mijado por um homem que eu não sei direito quem é.

Reginaldo me chama no quarto. O abajur espalha uma luz fraca. Vejo muitos livros, uma escrivaninha, algumas roupas dobradas em cima de uma cadeira e, como não poderia deixar de ser, um colchão direto no chão. Deito com ele. Agora estamos conversando sobre a organização, a vida de Reginaldo e a minha, nessa ordem. Ele fala de política tentando subir o meu vestido. Reginaldo não sabe, nem vai saber, que eu nunca estive com um companheiro antes.

Naquele colchão imundo, mais uma vez o proletariado (ele) e a pequena burguesia (eu) estão frente a frente. Ou um em cima do outro. Ou um na frente, outro atrás. É mais um embate que um namoro. Canso de resistir. Fecho os olhos e espero.

Um dia isso teria mesmo que me acontecer.

5

A editora achou melhor poupar o leitor dos detalhes mais sórdidos. Basta contar que eu ainda estou com a sensação de ter sido colhida por uma tombadeira quando a campainha toca. Reginaldo levanta se vestindo e diz que deve ser a namorada dele. Pulo daquele colchão, recomponho minha roupa e voo pela escada. Quase derrubo uma mulher que vai entrando.

Muito antes da Monica Lewinsky arrumar aquela confusão toda por causa de um vestido manchado, ando pela rua com um imenso molhado redondo na saia. Parece que o mundo inteiro sabe o que é aquilo.

Chego finalmente ao carro e só então posso pensar no que aconteceu. Transei, acho. Está doendo, tenho certeza. Minhas pernas estão grudando, nojo. Preciso de um banho, rápido. Tudo isso eu imaginava, menos que ele tivesse uma namorada.

Vou direto do chuveiro para a cama. A família engole bem a minha dor de cabeça. Quero reconstituir a cena do crime, mas só me vêm fragmentos. Meu primeiro pau eu vi muito vagamente, tive vergonha de ficar olhando. Também não sei exatamente em que momento eu dei. Pela dor, Reginaldo deve ter passado horas e horas tentando.

Durmo um sono meio febril, daqueles em que a gente acha que ainda está acordada. No outro dia não vou à faculdade. Faço coisas como arrumar o guarda-roupa, ir ao supermercado para a minha mãe, dar banho no cachorro, devo estar querendo voltar à infância. No terceiro dia Reginaldo telefona.

Marco com ele à tarde no bar da filosofia.

6

A mulher que eu vi e que me viu também se chama Rejane. Eles namoram há muito tempo, vieram juntos do interior para fazer o vestibular e ficaram morando no apartamento que os pais dela têm aqui. Só que os velhos nunca aceitaram Reginaldo. Quando vinham visitar a filha, Reginaldo precisava esconder as coisas dele e sumir por alguns dias. As roupas, dava para camuflar em algum armário, problema era desaparecer com os sapatos 42. Um dia Reginaldo cansou daquela situação e foi morar no apartamento em que eu estive. Mas o namoro continuou firme.

Ele diz que não me contou porque até então achava que eu seria mais uma garotinha que ele ia comer e tchau. Fala que agora não pensa mais assim, que está muito envolvido, até desculpas pede.

Nem por um momento eu acredito que vou ficar com aquele Romeu dos pobres no final. Mas continuo indo ao apartamento dele quase todos os dias. Sempre que vou lá nós transamos. E sempre me parece que Reginaldo está se divertindo muito mais do que eu.

A greve que deu origem a toda esta história termina com a comida do restaurante universitário trinta centavos mais cara. E assim voltamos todos para as salas de aula, com exceção de Reginaldo, que continua ocupado com a resistência.

Acabo entrando para a tal organização dele e agora estou sempre em convenções e plenárias. Tenho até um codinome, Elisa. Uma das minhas tarefas é vender o jornal da militância, quatro exemplares por semana. Na primeira vez empurro um para a minha mãe, um para o meu pai e compro os outros dois. Depois passo a comprar todos os quatro, sem coragem de oferecer um jornal tão chato para alguém. Satisfeito com tanta eficiência, Reginaldo aumenta a minha cota para oito jornais por semana.

Deixo a organização para não pedir concordata.

7

Os companheiros pressionam, mas nem o khmer vermelho me recapturaria. Reginaldo insinua que eu sou stalinista, mas continua querendo me comer. Um dia eu marco e não apareço. Ele liga, eu não atendo. Fico sumida por quase uma semana, até que Reginaldo vai me procurar na faculdade. Sentamos no bar para ele debater comigo temas políticos, sociais e amorosos, nessa ordem. Quero escutar, mas estou longe, cada vez mais longe da luta e do apartamento dele. Alguém ao meu lado começa a urrar *Volver a los Diecisiete* nas maracas.

8
Fim.

(Quase) talvez

Depois de uma certa idade, ou você está bem com você, ou não estará bem com ninguém. Mas talvez não tenha a ver com a idade. Pensando retroativamente, não lembro de viver um cessar-fogo comigo mesma por mais do que alguns dias. Nem a tia Cleuza, conhecida por não poupar parente algum de suas críticas, foi tão dura comigo quanto eu sou. Tia Cleuza diz que eu tenho os quadris generosos. Eu digo que estou gorda e pronto.

É nesse estado cinzento que me encontro, esperando as roupas terminarem de girar na máquina da lavanderia da esquina, quando noto um sujeito alto e calvo, para não dizer sem um fio de cabelo, olhando por cima dos óculos de leitura para mim. Ele está na calçada com um cão peludo, muito peludo, que encara fascinado a máquina de lavar. Jacuzzi de cachorro. Com aquele pelo todo, o bicho deve estar desesperado por um banho. Ficam os dois, dono e cão, diante da lavanderia. Às vezes o cachorro puxa a guia para sair, mas o homem segue imóvel. Agora me encara de frente, óculos nos olhos – que eu desvio. Viro a cadeira para a parede atrás de mim, não acredito que aquilo tudo seja amor à primeira vista. Roubo de órgãos?

Saio com a minha sacola de roupas espalhando cheiro de limpeza. O homem enfim se move com o cachorro. Começa a escurecer, a rua residencial está deserta. Tudo indica que, aos quarenta e três, enfim ganharei destaque no jornal. Tomara que alguém lembre de cremar a página de polícia junto com o que sobrar do meu corpo: jornalista é assassinada e tem sua trouxa de roupas limpas roubada.

– Posso falar com a senhorita?

Se não foi o cachorro que se dirigiu educadamente a mim, foi o assassino. Respondo apressando o passo e sem olhar para eles.

– Qual é o assunto?

– Eu sou fotógrafo de nudes e gostaria de lhe propor um ensaio.

Nude, coisa que não cometo nem sozinha porque morro de vergonha de mim mesma. Apontar o celular para a minha bunda, que está mais para *no pictures* que para os flashes, seria um crime contra a minha imagem. Já me basta ter que mostrar a cara despudoradamente. Se o botox não der os resultados que procuro, penso em me converter ao Islã e aderir à burka, e no modelo mais radical.

– Eu capturo a beleza real das mulheres. A que elas não sabem possuir. Através do meu olhar você vai se redescobrir, vai reencontrar a garota pura e inteira que foi um dia, vai entender que beleza é muito mais que uma bunda sem celulite e um rosto sem rugas.

Se é fotógrafo, não sei, mas com certeza lê a mente.

– As fotos são feitas no meu estúdio. Ofereço privacidade, cuidado técnico e produção.

– É interessante, mas sou muito tímida. Não fico à vontade nem em foto 3x4.

– Com a sua licença?

Ele levanta o meu queixo com gentileza. O cachorro late.

– Bela. Deve manter a cabeça sempre assim, ereta.

Mantenho a posição e a vontade de fazer um nude começa a brotar em algum lugar em mim. Nos glúteos é que não é.

– E supondo que eu aceitasse, quando poderíamos marcar?

– Assim que entrar o seu depósito de 700 reais. Minha agenda está tranquila.

– Eu tenho que pagar se-te-cen-tos para você me fotografar pelada?

– É o meu trabalho. Descobrir a beleza tem um preço. No meu caso, bastante acessível. Tem colegas cobrando 3 mil reais por uma sessão de duas horas.

Fico com o cartão dele. Pagar para ser fotografada nua? Sou do tempo em que a Playboy esbanjava fortunas por um ensaio. Bem verdade que a Playboy nunca me chamou, mas eu também nunca cogitei a carreira de playmate. Preferi ser reconhecida pela minha inteligência superior quando ainda podia investir esforços em uma hipotética carreira de musa. Deu no que deu. Que as minhas amigas empoderadas não me ouçam pensar.

( )

Deposito ou não deposito os 700 reais?

O nome dele é Lelé Carvalho. Em comparação com "Sebastião Salgado", Lelé não é um nome muito respeitável. Bem verdade que eles atuam em áreas diferentes da fotografia. A página de Lelé no Facebook é um desfilar de nudes com morangos aplicados nos peitos, nas partes íntimas e nas bundas das modelos, truque para não ser denunciado pelos moralistas digitais. Fica um tanto ridículo, nas minhas fotos vou preferir a boa e velha tarja preta. Sou conservadora.

Nas minhas fotos. Quase já posso me ver no estúdio de Lelé, maquiada pela equipe, sem mais nada além de scarpins. Não quero os meus nudes simples demais, essa coisa de posar pelada na cozinha não é para mim. Uma garota aparece na página dele de quatro, lavando o chão do banheiro. Estou fora. Outra está sentada em um sofá todo furado, com uns cinco morangos a ocultar o que as pernas abertas não escondiam. Pelo que vejo, Lelé deve fotografar também nas casas das clientes. Cada decoração mais horrorosa que a outra.

( )

Faz três dias que alterno o perfil de Ademar Russo com minha própria imagem nua. Interessante como eu sei editar meu pensamento. Nas fotos da minha imaginação, embora surja com o corpo de uma mulher real, de quarenta e três anos e sem grandes cuidados, as imperfeições que me atormentam ficam muito mais suaves, quase bonitas. Muito melhor que photoshop.

Ligo ou não ligo?

Peço um conselho para meu melhor amigo, Luciano, dono de um salão de cabeleireiros. É por causa dele que, entre tantos problemas estéticos, meus cabelos resistem incólumes ao passar das décadas. Bem verdade que agora meio loiros pela primeira vez na vida, para atrasar a revelação dos fios brancos que saltam como fiapos mal cortados de nylon duro. Luciano acha que eu devo pagar em cheque, para sustar caso o ensaio fique medonho. Mas Lelé quer receber por transferência bancária e antes do serviço executado. É arriscado, mas em certos momentos da vida, a pessoa deve ousar. Preciso me ver com os olhos do outro. Ligo para Lelé e marco o ensaio para quarta, dez da manhã. Na minha conta, sobram duzentos reais.

No negativo.

( )

Surpresa nenhuma ao descobrir que o estúdio LC fica em uma galeria do centro da cidade, vizinho de casas de massagem, clínicas suspeitas, pequenos negócios estranhos e comércios de quinquilharias variadas. Minha pose confiante se vai quando Lelé abre a porta. Não poucas vezes achei que sairia morta dos antros em que entrei. Dessa vez tenho certeza.

O sofá furado que aparecia em um dos ensaios é do acervo, e até mais furado do que nas fotos. É nele que recostarei meu corpo nu e cheiroso? E o risco de pegar uma bactéria? Tudo tão triste e sujo, mas agora já paguei os 700 reais. Minha vida em jogo e eu pechinchando comigo mesma.

Lelé pergunta se eu trouxe acessórios ou se quero usar os do estúdio – mediante uma taxa. Luciano me emprestou três calcinhas, dois sutiãs com enchimento, uma cinta-liga e um body comestível, que ele me pediu com insistência para não comer. Vai usar com o marido no final de semana. Lelé indica o camarim para que eu me dispa. Prefiro não descrever o espaço, na verdade o quarto de serviço com um espelho colocado entre entulhos de todos os tipos.

Volto para a sala escondida por uma canga que encontrei entre os destroços. Lelé começa a me dirigir.

Encoste na parede descascada (qual delas? todas estão caindo aos pedaços).

Agora, um meio-sorriso (algo como um esgar?).

Olhe para a frente com desejo, como se estivesse pensando em um homem maravilhoso (prefiro pensar em um trabalho sensacional).

Tire o sutiã lentamente.

Digo a Lelé que não estou preparada. Estar no covil de um desconhecido só de underwear já é um avanço e tanto para mim. Lelé não aceita. Como pode revelar ao universo toda a beleza que há em mim se eu não confiar nele? Tento tirar o sutiã, mas não consigo. Sou travada demais para um nude. Lelé vem por trás, bota a mão no meu corpo, entro em pânico. Ele me acalma, só vai acontecer o que eu quiser. Eu estou pagando, no fim das contas. Sugere que eu faça algumas fotos com Raoni. Quem diabos é Raoni?

Lelé abre a porta e o cachorro peludo que estava com ele quando o conheci entra pulando na sala. Meu Lulu da Pomerânia, diz Lelé, orgulhoso. E depois: Raoni, faça companhia para a moça.

Raoni se acomoda no meu colo. É um pouco oleoso e cheira a veneno para pulgas. Começo a espirrar e lá se vai a minha maquiagem. Lelé não se abala com meus olhos vermelhos e o nariz vertendo água. Quer que o cachorro interaja comigo, acha que assim eu vou ficar mais à vontade. Pior: de tanto o bicho me puxar, lamber e morder, fico mais relaxada mesmo. Bem que dizem que animais de estimação são terapêuticos. Minha mãe não acreditaria, mas termino a sessão de fotos completamente nua, fazendo as poses mais exóticas e sempre, em todas elas, na companhia peluda de Raoni.

( )

É hoje que Lelé vai me entregar as fotos. Ele vem aqui em casa. Tomara que traga Raoni, aquele bicho me acalma. Pedi a Lelé uma opinião profissional sobre as fotos. Ele foi sucinto: ficaram OK.

Já fiz café, já arrumei a sala, já abri as cortinas, já fechei as cortinas, já tentei terminar a biografia de Ademar Russo – resumir noventa e dois anos em quatro páginas não é tarefa das mais simples –, já tomei café, já virei café na blusa, já troquei de blusa, já me alonguei, já telefonei para a Vivo para reclamar de uma conta que veio errada, já comecei um livro, já cochilei no sofá. E nada de Lelé aparecer.

Ele chega duas horas depois do combinado e não dá nenhuma justificativa. Entra no meu apartamento sem cerimônia e, pior, sem o Lulu da Pomerânia. Senta no sofá, tira um envelope de dentro da pasta de plástico e estende para mim.

Faço o sinal da cruz.

Pego.

Abro.

Vejo a primeira foto.

E gosto. Gosto muito. Adoro, para dizer a verdade.

Apesar do ambiente pobre que me cerca, o Lulu da Pomerânia dá um ar de classe às imagens. Os pelos caramelo dele se misturam aos meus cabelos na tonalidade mel tabaco (Imédia 6.88) e, em algumas poses, parece que estou com uma peruca do tempo de Luís XIV. Quando deitado no meu corpo, o cão disfarça algumas coisas que me incomodam – embora o discurso atual de rejeição aos padrões estéticos. Meu rosto está inacreditavelmente relaxado, nenhuma foto com aquela boca apertada dos flagrantes nos aniversários das amigas. Nas fotos de pé, os braços levantados para segurar Raoni fazem sumir todo e qualquer excesso e elevam os peitos como wonderbra nenhum jamais conseguiu.

Esqueço que não estou sozinha em casa. Converso comigo mesma aprovando as fotos, surpresa com o sucesso dos meus nudes. Muito tempo depois, Lelé me chama à Terra.

– A alegria da obra emociona o artista.

Ele bebe café e termina um pacote de biscoitos que encontrou na cozinha. Peço desculpas pela minha distração. Lelé diz que já havia presenciado momentos como aquele muitas vezes, e que nada lhe causa mais satisfação.

Agora que tudo está consumado, quero que Lelé vá embora. Faço toda uma encenação para comunicar que preciso entregar um trabalho em minutos. Ele se serve de mais um biscoito e fica me olhando fixamente, do jeito que fez quando o conheci. Já paguei pelo serviço, o que mais Lelé quer na minha casa? Enumero desculpas: embarco em meia hora como voluntária do Médicos sem Fronteiras, a Polícia Federal está chegando para me prender, preciso mostrar as

fotos para minha mãe – no além. E se o prédio pegasse fogo para ele ser obrigado a sair?
– Eu nunca faço isso, mas dessa vez abrirei uma exceção. Vamos jantar hoje.
– Seria incrível, mas eu tenho um texto atrasado para entregar. Na próxima a gente...
– Você vai trabalhar no sábado de noite? Enquanto isso, o imperialista a quem você serve come lagostas e ostras.
– Acho que não, ele mora na Serra e...
– Você tem carro?
– No leasing, mas tenho.
– Então me apanhe às nove no estúdio. Até lá dá tempo de você terminar.

Lelé faz um sinal de quem encerra a conversa, pega mais um biscoito e levanta. Chega tão perto que acho que vai me beijar.
– Abre a porta para eu voltar?
Abro a porta com a certeza de que Lelé nunca mais vai entrar na minha casa.

O trabalho não rende tanto quanto o esperado porque volta e meia largo tudo para me admirar no ensaio. Pego o pendrive que Lelé deixou e salvo todas as fotos na pasta que intitulo de IMPOSTO DE RENDA. Se algum hacker invadir meu computador, duvido que procure ali algo de interessante.

Desisto definitivamente de escrever a vida de Ademar Russo. Me distraio aplicando filtros nas fotos, algumas sombras para atenuar o que a câmera de Lelé revelou ao mundo. Se eu postar como estão, tomarei um gancho do Zuckerberg. A foto mais reveladora de todas, a que faria as pessoas de bem corarem, salvo com o nome de CUrriculo.jpg. Nada como uma turbinada na autoestima para despertar a criatividade.

Às nove da noite estou dentro de casa, de pijama, sem nenhuma intenção de buscar o fotógrafo. Penso em pedir uma pizza, mas e se ele estiver de tocaia lá embaixo e subir junto com o entregador? Sem falar que as fotos mostraram o que eu já sabia, e que Raoni disfarçou, algumas gordurinhas precisando urgentemente ser dissolvidas. Melhor fazer uma sopa e dormir.

Só que passam das duas da manhã e eu não consigo pegar no sono.

Devia ter jantado com Lelé.

(   )

Ademar Russo gostou do perfil e vai me contratar para escrever um livro sobre a equipe de bocha que ele patrocina. Eu achava que minha estreia na literatura se daria com um romance, o mesmo que todas as noites penso em começar. Não importa. A bocha vai tirar minha virgindade editorial e, quem sabe, impulsionar uma carreira de historiadora de jogos não radicais. Damas, Ratinho, Forca, Palavras Cruzadas, Dorminhoco, Banco Imobiliário, vejo aí um caminho na crise.

Lelé não publicou meu ensaio na página do estúdio. Só pode ser por represália. Também não fez nenhum contato desde que o deixei esperando no sábado. O pior é que a estratégia do desprezo sempre funciona comigo. Só porque ele não me procura, ocupo preciosos minutos do meu dia pensando no que poderia ter sido. Se é que eu queria que fosse.

Lelé não me atrai. É menos que um tipo comum, invisível na rua, no ônibus, no restaurante a quilo da esquina – a não ser que esteja com o Lulu da Pomerânia. Nesse caso, o bicho cor de caramelo compõe com ele uma dupla interessante. Por que um homem de meia-idade, em tese hetero, não escolheria um animal mais rústico? O Lulu da Pomerânia confere a Lelé um selo de sensibilidade, é isso. Algo a surpreender em meio a tanta mediocridade.

E assim os dias passam sem que os meus nudes saiam na página do estúdio LC. Se Lelé não postar, eu não posso compartilhar. Eu mesma divulgar, sei lá, me parece desespero demais. E se eu pagar pela publicação? É com esse objetivo que ligo para ele.

– Você está atrasada.

Lelé tem meu número na agenda e sai na ofensiva antes mesmo que eu diga alô. Bom sinal.

– Eu disse que precisava trabalhar. Não combinei nada com você. Já o ensaio ser postado na página do estúdio, isso era do trato. E você não cumpriu.

Lelé grita que ninguém pode obrigá-lo a publicar nada. A curadoria da página é dele. É tão agressivo na resposta que o cachorro late ao fundo, assustado. Pelo que pesquisei no Google, cães da raça de Raoni são bastante nervosos. Sei como é isso. Minha mãe inventou de comprar um pequinês quando éramos crianças. Nenhuma TPM, por mais severa que seja, jamais vai se comparar ao humor do cachorro dela.

Consigo amansar Lelé mediante um convite para jantar. Hoje. Em quarenta minutos. O sol mal estará começando a baixar no céu, mas tenho experiência em jantar com a luz do dia. Quando criança, uma senhora que trabalhava na minha casa, e que só dava suas atividades por encerradas depois de me alimentar, servia uma sopa escaldante assim que eu voltava da aula. Fosse inverno ou verão. Eu jantava sozinha às cinco e meia da tarde, sem o menor apetite, enquanto dona Arlota – por certo a filha de Arnaldo com Carlota – ria de um programa de entrevistas sem graça que passava na TV. Para quem comeu sopa de ervilha no meio de uma tarde de verão, um jantar às 18h30 do outono é lucro.

Lelé me obriga a jurar que chegarei antes para garantir a mesa. Não que me pareça necessário, mas OK. Pisei na bola e o tratado de paz inclui certas regras. Tenho que me vestir rápido, não dá tempo de tomar banho. O bom de sair com um desconhecido que já viu você sem roupa é que dá para ir à vontade, sem nada apertando uma silhueta que não vai corresponder à embalagem na hora da verdade. Interessante como os homens não se importam com isso. Nunca vi nenhum encolhendo a barriga para uma foto ou ficando de camisa na praia para manter as adiposidades contidas. É uma vida muito mais livre.

Hoje Lelé está no comando, mas fiz uma exigência. Preciso ver Raoni. Para tanto procuro um restaurante *pet friendly*, como se diz em português. O Mia Ragazza, um italiano com mesas na rua, permite a entrada de bichos. É lá que espero os dois chegarem.

E espero.

E espero.

E espero.

Lelé não aparece. O desgraçado se vingou do bolo que eu dei me deixando plantada no Mia Ragazza. Isso depois do trabalho que tive para convencer o garçom a permitir minha entrada antes das sete. Precisei mentir que vim de longe para encontrar o amor da minha vida. Ele ficou tão comovido que pediu até para fotografar o momento. Duas horas e uma mísera água mineral depois, o garçom já não está emocionado. A cada seis minutos pergunta se eu quero pedir. Quero. Traga a massa mais cara do cardápio e meia garrafa de Pinot Noir. Não tem meia garrafa? Então desce uma inteira. O casal prestes a invadir a minha mesa é obrigado a abandonar a operação. Quando

Lírio – é o nome do garçom – serve a primeira taça de vinho, ligo pela última vez para Lelé. Caixa postal. Só falta o infeliz ter substituído a gravação que avisa que a mensagem será cobrada por uma gargalhada no meio da minha orelha.

( )

Vivo um pequeno revival de abandonos passados. Espero um telefonema que não vem enquanto olho e olho e olho meus nudes. A parte boa é que gosto cada vez mais deles.

A história da bocha precisando ser contada e eu aqui, triste por um sujeito que não significa nada para mim. Sorte que dessa vez, diferente de todas as outras, eu sei o que fazer.

( )

Comprei um Lulu da Pomerânia.
O nome dele é Wilson.

(Quase) verdade

Continuo na faculdade, um tempo que parece eterno no cinema americano e na vida. Trabalho em um jornal de bairro e acabo de cobrir uma emocionante sessão na câmara dos vereadores em homenagem ao dia do escoteiro.

Final de tarde, tento pegar um ônibus que me tire do centro lotado da cidade. Neste horário, o c.p.e. (coeficiente de pobres que entram) está altíssimo. Compro uma revista e fico esperando que o c.p.d. (coeficiente de pobres que descem) aumente um pouco, para não morrer tão jovem sufocada no transporte coletivo.

Um colega que conheço de vista deve estar usando a mesma tática que eu, não tem jeito de ele sair da fila. Acho que quer assunto, mas eu me faço de muito interessada na leitura.

Sabia que ia acontecer. O cara bate no meu ombro e pergunta se eu não lembro dele. Digo que sim e resignadamente guardo a revista bem no meio do teste Você é Sedutora? Ele me conta que pinta e está quase inaugurando uma exposição. Começo a gostar de verdade daquele papo. Começo a gostar mais de verdade ainda dele.

Resolvemos matar a aula e jantar em um restaurante árabe baratinho ali perto.

O nome do cidadão é Henrique. Meio arak depois, já sei que é o homem da minha vida.

2

Em casa começam a desconfiar que tem alguém novo na área. Nunca me viram sair tão arrumada para uma aula de paginação.

Encontro Henrique todas as noites e sempre saímos juntos da faculdade. Às vezes vamos a algum show alternativo, em outras comemos um sanduíche natural. Os tempos de paz e amor vão longe, menos para os estudantes de jornalismo. Nós não temos culpa de ter nascido depois do sonho acabar.

Meu namoro com Henrique é daqueles de andar abraçados na rua, beijar em qualquer escurinho e só. O mais longe que ele já se atreveu a ir comigo foi até a zona sul, onde eu moro.

Mas hoje não tenho nenhuma vontade de ir embora. Esperando o táxi que vai nos separar, tenho a brilhante ideia de ligar para minha mãe dizendo que vou dormir no apartamento de uma amiga. Minto com Henrique abraçado em mim. Ele mora com uma tia no outro lado da cidade, uma velha senhora que por sorte está no interior, visitando a filha. Entramos na casa com cheiro de bolo e perfume de talco, uma verdadeira casa de tia.

Henrique dá a maior prova de amor que já tive: oferece a escova de dentes dele. Fico comovida e só não aceito de medo que a tia também pegue carona naquela escova. Deitamos na mesma cama pela primeira vez. A noite passa inteira sem ninguém notar, até que o despertador toca às sete da manhã.

3

Como é inevitável nestes casos, Henrique vai jantar na minha casa para conhecer o sogro. Na frente do meu pai, morro de vergonha de chegar muito perto de Henrique. Acabo passando mais tempo ao lado da lasanha no forno que do meu namorado.

Depois de arrumar a cozinha, preciso arrumar um jeito de sair com Henrique sem chamar muito a atenção. E rápido, se possível. Meu pai, que não se mostrou muito amistoso, agora implica com qualquer coisa que Henrique diga. Hora de planejar a retirada.

Quando meu pai finalmente vai deitar, não sem antes perguntar se a visita não está com sono, invento uma desculpa furada e saio com Henrique. Ele deve estar no processo de indigestão da minha família. Caminha quieto, olhando para o nada. Só fala muito mais tarde, quando eu já nem lembrava do silêncio dele.

– Velho cavalo.

4

Acabo de ser demitida do jornal de bairro. O editor disse que eu enfeito demais as matérias e os assinantes querem veracidade total. Duvido que algum leitor se interesse pela posse do novo presidente do clube dos diretores lojistas se eu não der uma pequena ajuda para a matéria. Nada que possa ser enquadrado na lei de imprensa, só a descrição do figurino das convidadas, pessoas dormindo durante o discurso, a piada contada baixinho e uma gargalhada fora de hora. De nada adiantam meus argumentos. Como nunca tive mesa ali, não tenho nem gaveta para esvaziar. Saio como se não tivesse entrado.

Preciso contar para o Henrique. Ele ia pintar com uma colega em um estúdio afastado, não me disse bem onde é. Conto com o meu faro de repórter desempregada para encontrar.

Só pode ser aqui, nesta garagem meio abandonada. Melhor não ir entrando assim, vou bater para não bancar a inconveniente. Estranho, não atendem. De repente fica tudo silencioso lá dentro. Devo mesmo ter errado o lugar. Volto para casa querendo chorar a cada solavanco do caminho.

Provavelmente eu vá morrer sem achar a menor graça na vida como ela é.

5

Final de semestre, Henrique e eu vamos para Garopaba juntos. Ele compra uma barraca para duas pessoas, uma que parece um iglu, só que escaldante. Rodoviária lotada, embarcamos no ônibus com a felicidade de quem entra no Eugênio C.

Cinco da manhã, noite fechada, o ônibus nos deixa na frente de um bar. É o fim da viagem e o começo da busca para encontrar um camping, montar a barraca e não dormir apesar do sono, porque a temperatura dentro do iglu deve beirar os 200 graus celsius.

Os dias são todos iguais quando se está de férias na praia. Sempre o tempo está feio quando se acorda. Sempre se toma toddynho com sanduíche de mortadela. E sempre se toma um torrão no primeiro dia, o que impede de ver o sol nos próximos dois ou três.

Neste momento estamos vegetando em uma sombra perto do iglu, mas deveríamos estar na unidade de queimados. Henrique está bem pior e eu caminho penosamente atrás de água e gelo para aliviar a dor dele. O que mais chama a atenção é o pé de Henrique, mais parecido com um pão incandescente. Vermelho e inchado, o pé atrai a curiosidade dos outros campistas. Agora mesmo meu namorado expulsou três crianças que pediram para mexer na aberração.

Com queimadura e tudo, incluindo chuvas de alagar o saco de dormir, nunca tive férias melhores. Sou completamente apaixonada por Henrique. Eu, tão moça, encontrei o amor da minha vida e morri para todos os homens do mundo, penso enquanto dou uma segunda olhada para o surfista que disse uma bobagem quando eu passei.

6

Consegui emprego no *Pão Nosso*, o jornal do sindicato dos padeiros. Notícias quentinhas como se tivessem saído do forno agora. Henrique está pintando as últimas telas para a exposição daqui a duas semanas. As aulas recomeçam e a humanidade continua caminhando como pode.

A família de Henrique mora no interior e sábado é dia de visita. A mesa já está pronta quando chegamos. Tem uns três bolos diferentes, biscoitinhos de todos os tipos, geleias e doces. A mãe dele deveria ser autuada pelos vigilantes do peso.

Cozinhar bem demais é o defeito da Dona Cloé. À noite ela, que é viúva, sai com as meninas, como chama as amigas, e deixa a casa para nós. Henrique acende a lareira, abre um vinho e toca um Prince no volume mil. O cachorro da família, Pitoquim, corpo de pastor alemão com pernas de bassê, fica latindo e uivando no volume dois mil.

Sem querer remexer na intimidade dos outros, é preciso falar algumas palavras sobre Pitoquim. Apesar da aparência rústica, o cachorro-anão é homossexual. Foi pego em flagrante pelo irmão do Henrique com um poodle da vizinhança. O poodle fazendo o serviço nele. A família aceitou a opção do cachorro, mas Dona Cloé não abandona o sonho de um dia segurar nos braços os filhotes de Pitoquim, de preferência que ele não seja a mãe.

Toda família tem os seus dramas.

7

Vernissage do Henrique e para variar eu não tenho roupa. O *Pão Nosso* não está sendo repartido, até hoje não recebi um centavo. Sou obrigada a improvisar com o que tenho, um vestido conhecido de outros eventos e um casaco tão acostumado a sair que já vai sozinho aos lugares.

Rosane Collor ainda não existe, o que me dá direito ao título de primeira-dama mais malvestida da história. Fico me comparando com as outras mulheres e não empato nem com a que serve os salgadinhos. É a noite de glória de Henrique. Ocupado em receber tantos convidados, ele não pode me dar atenção. Ocupada em disfarçar minha toilette modesta, arranjo um canto qualquer e não me mexo muito dali. Um amigo de Henrique que eu só conheço de vista estaciona do meu lado. É um cara alto, com uma cabeça pequena demais para o seu tamanho. Ele anda sempre de terno e chapéu, mesmo naquele antro de bárbaros que é a faculdade. Uma figura muito estranha, que agora se revela agradável e delicada enquanto conversa comigo.

Ou é impressão minha, ou o amigo do meu namorado está me olhando demais. Augusto, este é o nome do sujeito, fala segurando a minha mão e se curva todo para ficar cara a cara comigo. Não pode ser uma atração fatal e repentina, não na festa do Henrique, nem com a roupa que eu estou usando.

Era.

Augusto se oferece para me levar em casa e já vai tentando agarrar assim que entro no carro. Depois conta a inveja que sentiu quando Henrique começou a me namorar e pede uma chance. Vendo aquele misto de dândi com promoter da festa do ridículo dizer aquilo, eu, que me sentia a última das criaturas, confirmo que sou a última das criaturas mesmo.

8

Henrique é um sucesso e logo começam os convites para outras exposições. Cada vez ele passa mais tempo pintando com a colega que eu nunca vi em um estúdio que não se sabe onde fica. Quando estamos juntos ele continua sendo o meu grande amor, só que quase nunca estamos juntos. Já o amigo Augusto liga todos os dias, me espera na saída da aula e muitas vezes aparece de surpresa no *Pão Nosso*.

Em mais um final de semana sem Henrique, aceito o octogésimo-sexto convite de Augusto para jantar. Na última hora o grande evento é transferido para a casa dele, onde eu enfim vou conhecer os maravilhosos dotes culinários do meu pretendente.

Ai, ai, ai.

Saio de lá tão amassada como os pães do meu jornal.

Eu não estava assim tão morta para os outros homens do mundo.

9

Vida dupla e clandestinidade. Não só eu tenho dois namorados agora, como eles ainda são amigos. Estou pensando seriamente em um exílio no Paraguai.

Augusto quer exclusividade e me atormenta com isso. Henrique, felizmente, continua ocupado com suas exposições e nem desconfia do que está acontecendo.

Para dedicar a Henrique meus sábados, domingos e dias santos, tenho que inventar milhões de mentiras para Augusto, desde que minha mãe entrou em trabalho de parto até um curso intensivo de tai-chi-chuan. Só a tia Bitoca eu já matei umas quatro vezes desde que esta história começou. Mas durante a semana, Augusto não pode reclamar. Estou sempre com ele, sempre morrendo de medo de ser vista por alguém, sempre achando que vou dar de cara com Henrique em algum lugar.

Meu avô paterno tinha duas famílias e, segundo consta, nenhum problema com isso. Nem a minha avó, que chegou a ser madrinha de um dos filhos da outra mulher dele, a dona Ercília, que até eu conheci. Talvez venha daí o gene da infidelidade que eu herdei, quem sabe é alguma coisa atávica, algo para ser absolvido pela sociedade. Mas eu não vou assumir esse lado assim, sem resistir, não com o romantismo que se espera dos meus vinte anos.

Esta noite decido quem vai ser o pai dos meus filhos – no primeiro casamento.

10

Decidido.

Vou contar tudo para Henrique, pedir desculpas e nunca mais ver Augusto. Ou talvez seja melhor pular a parte do nunca mais.

Atrás do estúdio de Henrique. As indicações me levam ao mesmo galpão onde eu já estive. Desta vez eu entro. Telas, latas de tinta, esboços, é aqui mesmo. Subo a escada para o mezanino. As paredes estão cobertas de retratos de uma mesma mulher. E algo me diz que é a tal colega que pinta com Henrique. Melhor dizendo, que posa para Henrique.

A mulher aparece em todos os ângulos possíveis, rosto, corpo, com roupa, sem roupa, até transando com um autorretrato de Henrique.

Sobre uma cadeira, um retrato meu. Um quadro da escola ultrarrealista, que mais parece a ampliação do meu pior três por quatro. Então é assim que Henrique me vê. Com todas as imperfeiçoes que eu sei que tenho e até um delicado, sutil buço, que eu nunca soube que tinha.

11

Claro que eu posso aceitar as desculpas que ele pede, quase chorando, no portão da minha casa. Eu conheço como ninguém o poder dos hormônios nessa idade.

Henrique parece sincero no seu sofrimento. Fala que a tal colega que pinta e borda se ofereceu para me explicar que tudo não passou de uma grande bobagem dos dois. Ele jura que nem se interessou tanto assim pela mulher, embora as paredes do atelier não digam isso.

Henrique quer uma chance, quer casar, quer morar em outro país, quer fazer greve de fome, quer entrar para um mosteiro beneditino se eu não puder perdoar. E como eu não poderia, eu que herdei o longínquo cromossoma da infidelidade do meu avô?

Vou ser uma crápula se não contar para ele o que aconteceu com Augusto. O fim está próximo, como diriam os profetas do centro da cidade, mas Henrique não merece sair como um Jece Valadão desta história. Não depois do jantar com o meu pai, da escova de dentes emprestada, de Garopaba, do Prince, de achar que ia ser para sempre.

12

Vou ser uma crápula.

Ninguém mandou fazer o meu retrato de bigode.

13

Fim.

(Quase) por toda a vida

Wilson não se adapta a mim. Não é o primeiro ser do sexo masculino a passar por isso.

Começa que ele quer viver na rua, como um namorado que tive certa vez, o Marcelinho. Até conhecer Wilson, Marcelinho era o meu parâmetro para a definição "rueiro". Delirasse ele na cama com quarenta graus de febre, caísse uma tempestade tropical lá fora ou estivesse eu evoluindo em um Pole Dance no meio do quarto, bastava um amigo convidar para uma cerveja no pior bar da cidade que lá se ia o Marcelinho.

Já que ele gostava tanto da rua, um dia o coloquei nela.

Desde que Wilson chegou, levanto às 5h30 para o passeio dele. Se eu me fizer de morta por mais um minuto que seja, meu Lulu da Pomerânia surta. O parque ainda está escuro quando entramos, o que já nos rendeu dois assaltos. No segundo, Wilson quase foi levado como refém. A sorte é que teve uma súbita diarreia de medo, o que enojou o bandido. Voltamos para casa e, pelas oito da manhã, quando abro o computador para trabalhar, o bicho quer sair novamente. Pula no meu colo, late sem parar ao lado da mesa, esfrega seus pelos brancos com força nas minhas pernas. Não sei se disse que Wilson é branco como a neve, mas uma neve já meio pisoteada, com marcas ora cinzentas, ora marrons. O jeito é digitar com a mão direita e atirar uma bolinha mordida para ele buscar com a esquerda. Essa, aliás, já acusa uma tendinite.

Antes de comprar Wilson eu andei por diversos canis para tentar uma adoção. Se me deixasse levar pela emoção, pelo menos uns doze vira-latas morariam comigo hoje. Mas estava focada no Lulu. Acabei encontrando Wilson. Amor instantâneo – da minha parte, como em outras relações.

A situação é a seguinte: não consigo trabalhar com Wilson em casa. Sempre foi assim. Eu me distraio se não estou sozinha. Até mesmo um peixe que tive influía na minha concentração. Mas o que me perturba mais é a alegria que ele demonstra quando vê minha vizinha de porta, Ana, e suas filhas gêmeas, Luisa e Manuela. Wilson é fascinado pelas duas menininhas que parecem uma só. E quando Ana o acaricia, o traidor se desmancha – literalmente. Wilson não se segura nas patas, deita esticado de prazer. No início a cachorra das garotas, uma boxer velhinha que anda se arrastando, faz o mesmo que eu: só olha e rosna. Mas logo Wilson a inclui na turma. Eu é que sempre sobro.

Até que um dia ouço choros e gritos vindos do apartamento da Ana. A boxer das meninas morreu. Nada consola as duas, a não ser, claro, Wilson. Vendo os três juntos, e na certeza de que vou me arrepender, pergunto se elas querem ser as novas donas do meu cachorro. Ana me abraça.

Ajudo a levar as coisinhas de Wilson para a casa das meninas. À vontade, ele ocupa os novos espaços do jeito clássico, fazendo xixi em todos os ambientes. Repreendo o Lulu como se ainda tivesse algum direito. Wilson nem me olha.

Agora que nada me impede de trabalhar, meu computador segue sendo uma pequena propriedade improdutiva. A história da bocha não progride sequer uma linha durante a tarde inteira. Sinto falta do cachorro me interrompendo a cada instante. É então que ouço patas arranhando a porta. Levanto preparada para receber Wilson de volta, se ele assim o quiser. Ele quer é a bolinha mordida que esqueci de levar. Antes de sair para nunca mais, meu ex-cachorro esfrega nas minhas pernas os seus pelos brancos – que para mim parecem grisalhos. Mas embora faça isso bem de leve, com carinho até, dessa vez me dói.

( )

Admito que já fiz coisas vergonhosas para manter o emprego. Uma das piores foi balançar uma bandeira para uma candidata a governadora que o dono do meu jornal apoiava. Ele disse: quem não for, está fora. Os de caráter mais firme se recusaram. Eu pensei nas contas a pagar e fui. Na impossibilidade de deixar crescer o bigode em poucos minutos, botei boné e óculos escuros para me postar com a bandeira da campanha na esquina do jornal. "Não ceda, vote na Leda". Não cedi, votei em outro candidato.

Perto disso, a história da bocha pode ser considerada um avanço na minha carreira jornalística. Para entender o assunto sobre o qual agora me debruço, hoje vou a um centro comunitário que realiza campeonatos semanais. Um dos praticantes mais antigos, seu Coitinho, vai me apresentar a este que, segundo ele, não é um jogo. É um universo.

Sábado, nove da manhã. Chego cinco minutos antes e seu Coitinho já me espera na ABBOM, Associação Beneficente de Bocha Os Mirins. De saída pergunto a razão do *mirins* no nome, já que todos ali são pós-veteranos. Seu Coitinho explica que é porque a bocha faz com que os jogadores se sintam meninos.

Pergunta: Em que consiste a bocha?

Resposta: É o arremesso de bolas de madeira, as chamadas bochas, em direção a uma bola menor, o bolim. Vence o jogador ou a equipe que tiver mais pontos, atribuídos conforme a perfeição das jogadas. (E mais quarenta minutos de explicações.)

Pergunta: A bocha é praticada há muito tempo?

Resposta: Há relatos de que ela já era praticada no Egito e na Grécia Antiga. É considerado um dos jogos mais antigos do mundo. (E mais cinquenta minutos sobre o tema.)

A entrevista com seu Coitinho não termina nunca. Cada pergunta motiva uma verdadeira palestra dele. Seu Coitinho, o decano dos Mirins, é um apaixonado. Agora é meio-dia, o calor temporão de maio sobe do saibro e gruda em mim junto com o pó de tijolo. Pensei que às onze estaria na piscina do Clube do Funcionário Público, que frequento por herança do meu pai. Mas tudo indica que minha tarde será ao lado de uma cancha vazia, ouvindo sobre a bocha na corte da rainha Elizabeth I.

Percebendo o suador que o sol forte de março me provoca, e talvez a alça do biquíni que aparece sob a camiseta, seu Coitinho pergunta se eu gostaria de me refrescar no laguinho. Aceito. O laguinho é uma piscina de criança nos fundos da Associação. Seu Coitinho indica um vestiário. Quando volto, ele já está sentado na água, e de sunga.

A ser verdade o que ele me diz, seu Coitinho tem 90 anos, mas o corpo dele é o de um homem de sessenta. Inclusive, muitos dos meus namorados de trinta e poucos jamais tiveram músculos tão definidos. Se é isso que a bocha faz por você, pode trazer minha ficha de inscrição.

A entrevista continua por mais duas horas, até acabar a bateria do meu celular. O laguinho é morno como toda piscina de criança, mas acredito que o responsável seja mesmo o sol. Seu Coitinho não tem jeito de quem mija na água. Levanto completamente murcha da cintura para baixo. Ele pergunta se não estou com fome e é assim que vamos parar em uma churrascaria nas vizinhanças da ABBOM.

O bom de sair com um homem experiente – além de uma qualidade antiquada que a maior parte dos mais velhos têm, a educação – é que nunca falta assunto. Viúvo há quatro anos, cinco filhos, sete netos e uma bisneta, seu Coitinho sabe muito por ter vivido, não porque leu em algum lugar. Acompanhou a queda de Getúlio, o lançamento do Fusca e a inauguração de Brasília em tempo real. É a primeira pessoa que eu conheço que não testemunha os fatos pelo Facebook. Arrisco um galanteio.

– Onde eu andei nesses anos todos que não encontrei o senhor?

– Não seja por isso. Eu ainda quero viver muito.

Quando o levo para casa, passando das sete horas, ele cochila no banco do carona. Acorda disposto como se fossem sete da manhã e pergunta se seria uma ofensa me convidar para subir. Não quer me faltar com o respeito. Seu Coitinho é um cavalheiro, qualquer coisa precisará do meu consentimento para acontecer. Subo.

O apartamento ainda tem o jeito da falecida dona Ziza. Guardanapos de crochê no encosto das poltronas. Um quadro do Sagrado Coração de Jesus. Um relógio com o cuco customizado – dona Ziza colocou nele uma peruquinha loira. Sinto o cheiro da casa da minha avó e junto voltam lembranças que eu nem sabia ter. Seu Coitinho mostra os retratos nas paredes, álbuns de formatura dos filhos, fotos dos netos. Depois sentamos no sofá para assistir ao jornal na TV e ele pede licença para colocar o braço sobre os meus ombros. Antes de entrarem as notícias internacionais, seu Coitinho me beija. E então não sei o que me dá, parto para cima do velhinho com a disposição que não demonstrava desde uma noite de 2011 em que misturei vinho com saquê.

Quando tudo está consumado, seu Coitinho pede que eu pegue uma coberta no quarto. Vai ficar no sofá mesmo, não tem condições de levantar. Aproveito para ver as roupas dele penduradas no armário, são poucas e organizadas, todas de cores claras. Na parede em cima da cama, a foto de dona Ziza em uma moldura dourada.

Depois de cobri-lo com uma colcha de *chenille*, anoto seu telefone fixo e combino de buscá-lo para o torneio de bocha. Antes enviarei a entrevista para uma revisão apurada pelo correio, seu Coitinho não acredita em computador. Ele pede desculpas por não me acompanhar até a porta. Está exausto. Pergunto se não quer que eu fique, mas de manhã a diarista chega cedo e há coisas que precisam ser preparadas antes de se tornarem públicas, explica. Um beijo casto e já estou fechando a porta quando seu Coitinho diz, a voz quase um sussurro.

– Eu sabia que isso ia acontecer desde que vi a senhorita.

Poucas vezes uma semana passou tão devagar. Ocupado com os treinamentos, seu Coitinho não pôde me encontrar, mas esteve sempre disponível para falar ao telefone. Reativei o meu número fixo só para conversar durante horas com ele sem torrar a orelha no celular. Mal durmo de sexta para sábado, ansiosa pelo torneio de bocha. Antes das oito da manhã estou diante do prédio de seu Coitinho, muito apropriadamente chamado Paraíso.

Sento para ver a disputa no meio de esposas animadas e amigos dos jogadores. Os filhos, netos e a bisneta de seu Coitinho não estão presentes. Mal sabem o que estão perdendo.

É uma disputa emocionante. Os oponentes atiram as bochas na direção do bolim com técnica e um certo sadismo. Pela expressão com que arremessam, é evidente que um quer destruir o outro. Mas a adversidade dura o tempo da jogada. Em seguida, independente do resultado, todos se abraçam. As bolas de madeira pesam por volta de um quilo, o que contribui para os bíceps torneados de seu Coitinho. Quando ele entra na quadra para disputar a modalidade individual, noto um certo alvoroço entre as senhoras presentes. Todos os vovôs são bem apanhados, mas o meu, digo, o seu Coitinho é mais. No último lance ele beija a bocha e olha para mim. Lança com pose de escultura. Coitinho campeão.

A comemoração é na Associação mesmo, com suco sabor guaraná e salgadinhos feitos pelas esposas dos jogadores. Uma delas, dona Flora, trouxe a irmã e evidentes intenções de promover um encontro romântico da acompanhante com seu Coitinho. Já apresentou a mulher três vezes para ele. Na quarta eu me levanto e seu Coitinho nunca mais terá notícias minhas.

– Gostando da festinha?

– Muito. É uma bela comemoração para a sua vitória, seu Coitinho.

– Nossa vitória. A bocha é uma família. Quando um ganha, todos ganham.

– Frase linda. Se o senhor me permite, vou acrescentar no meu texto.

Antes que seu Coitinho responda, dona Flora vem mais uma vez com a irmã e a (re)apresenta para seu Coitinho. Quando as duas saem, explodo.

– Se o senhor quiser que eu vá embora para ficar mais à vontade com a sua pretendente, é só me dizer.

– A Carminha? Não é minha pretendente. A Carminha, inclusive, mudou de lado depois de completar bodas de ouro com o marido, o Marçal. Ocorre que a Flora, irmã dela, faz uns anos que anda assim, esquecidinha. Você sabe do que eu estou falando.

Que lição de vida o seu Coitinho me dá. Sem julgamento algum, informa que uma senhora das relações dele saiu do armário. E com que delicadeza comunica que a outra está com Alzheimer. O único jeito de me desculpar é passar o resto da festa conversando com

Carminha e dona Flora. Nos entendemos tão bem que as duas me convidam para assistir a entrega do Troféu Imprensa no domingo de noite. Trocamos contatos. Tomara que chamem o seu Coitinho também.

Levo seu Coitinho para casa. Gostaria de esticar a noite com um jantar leve na minha casa, mas ele já cochila, sereno, no banco do carona. Aproveita meu beijo para uma respiração boca a boca, seu Coitinho suga meu ar como se estivesse sufocando. Desce tropeçando de sono, o porteiro corre para ajudá-lo.

Não tenho mais dúvidas. Estou apaixonada.

( )

Sonho que sou bem velhinha e que estou com seu Coitinho em um transatlântico. Os golfinhos pulam e nós dois acenamos para eles. Seu Coitinho me abraça e confirmo que seus bíceps continuam fortes. Bem nessa parte o telefone toca. Demoro a sair do transatlântico para a realidade. Carminha me ligando às quatro da madrugada? Já atendo chorando. Ela avisa que seu Coitinho passou mal e foi internado. Os amigos estão indo para o hospital.

Toda a Associação Beneficente de Bocha Os Mirins está na antessala da emergência. Carminha me recebe no mesmo abraço que já ampara outras senhoras. As palavras do médico eu ouço sem entender direito, querendo esquecer assim como a dona Flora fará em dois minutos.

Fulminante.

Infarto.

Fizemos o possível.

Nem sentiu.

( )

Não vou ao funeral do seu Coitinho. Não conheci a família, só estive com os amigos dele uma vez. Que direito tenho de chorar ao lado do caixão? Sem falar que posso causar algum problema, vá que ele namorasse alguém. Não quero ser tomada por uma amante e atrapalhar as boas lembranças de uma talvez companheira.

Passo a noite escrevendo sobre a bocha. Prometo a mim mesma que será meu melhor trabalho, uma homenagem para seu Coitinho. Sei que já são 5h30 porque ouço os latidos de Wilson no apartamento ao lado. Mas ao invés de barulhos na porta e do som das patas dele escorregando pelo piso frio do corredor, é o silêncio que se segue a mais alguns gemidos do meu ex-Lulu da Pomerânia. Poucos gemidos, diga-se. Wilson foi enquadrado. É o que acontece com um ser do sexo masculino sem limites quando encontra alguém que luta à altura.

Termino o texto às cinco da tarde, justo a hora marcada para o enterro do seu Coitinho. Amanhã deixo uma cópia na sepultura dele. Também penso em falar com Carminha para criar a equipe feminina da Associação Beneficente de Bocha Os Mirins. Aquelas bolas de madeira vão fazer bem para os meus braços. Preciso me cuidar mais. Posso não chegar à forma do seu Coitinho, mas vou dedicar meus esforços a ele.

Eu ainda quero viver muito.

Quantos (quases) cabem em mim

Morando sozinha pela primeira vez. Meus pais quase morreram de desgosto ao ver a filha mais moça sair de casa, mas filha nasce para dar desgosto mesmo. Em dois dias eu já descobri que não existe nada parecido com ter o próprio espaço.

Espaço talvez não seja bem a palavra. Meu apartamento é do tipo sala e banheiro, a cozinha fica ao lado do sofá. Bastaram estes dois dias para eu adquirir um personalíssimo cheiro de bife que parece impregnado na minha pele. Nem patchouli pega tanto quanto óleo de girassol.

O apartamento é pequeno e fica menor ainda com a presença constante do meu namorado. Euclides é o nome, mas desde pequeno ele carrega o apelido de Tarugo. Não me pergunte as razões, até onde eu conheço, não deve ser nada ligado ao sexo.

Tarugo é estudante de educação física. Conheci no aniversário de uma amiga que era apaixonada por ele. Quando Lurdinha, a minha amiga, soube que eu estava ficando com Tarugo, cortou relações comigo. Ficou tão louca que ameaçou cortar o tarugo do Tarugo por vingança.

Tarugo e eu não estávamos apaixonados, nem pretendíamos ficar. Mas aquela confusão toda nos aproximou e viramos um casal que não está apaixonado, nem pretende ficar.

Namorar quem não se gosta simplifica muito as coisas. Para começar, não existe sofrimento. Não penso em suicídio se Tarugo não me liga (e ele sempre liga). Não morro cada vez que Tarugo não aparece. E ele sempre aparece, até demais para o meu gosto.

Outra particularidade de Tarugo: ele só usa abrigo esportivo. Nunca vi o meu namorado de calça jeans ou de linho ou de lona ou de tergal, que seja. Para o dia a dia ele tem um abrigo mais básico, e para sair comigo, outro de marca famosa. E só. No inverno Tarugo ainda usa um pijama embaixo da calça do abrigo.

Não tenho a menor intenção de me unir a Tarugo pelo matrimônio, mas não posso deixar de pensar no nosso casamento. Ele me esperando no altar de abrigo preto, com um cravo no bolso do casaco de três listras. Eu entrando na igreja de abrigo branco. O padre de abrigo embaixo da batina. E todos os convidados de jogging, bermuda e collant, modelos coloridos em tactel, lycra e moletom. Quem sabe não consigo o patrocínio da Nike para a cerimônia?

Enquanto o dia do casamento não chega, levo Tarugo até a entrada do prédio e espero o elevador para voltar. A porta abre e revela lá dentro um vizinho como eu nunca tive em toda a minha vida. E pelo jeito como me olha, eu sou a vizinha que ele nunca teve também.

Nem tudo é perfeito. Logo atrás do vizinho vem uma vizinha tão bonita quanto ele. No colo, um bebê tão lindo quanto os dois. Nem precisaria ser uma repórter experiente para deduzir que esta é uma legítima e verdadeira família feliz. Envergonhada dos meus pensamentos obscenos, cumprimento Jesus, Maria e José rapidamente e entro mais ligeiro ainda no elevador.

Se eu tiver um filho com Tarugo, espero que seja parecido com aquele bebê, mesmo que venha ao mundo esportivo, como o pai.

2

Levanto da cama e tropeço em uma calça de moletom atirada no chão. Esta nem é a casa de Tarugo e ele deixa coisas espalhadas por toda a parte. Chuto a calça encardida para baixo da cama e vou tomar café. Um par de tênis de número aproximadamente 50 ocupa metade da cozinha. Se eu encontrar uma cueca dentro da gaveta dos talheres, Tarugo vai acordar morto hoje.

Não bastasse estar atrasada para a reunião de pauta, ainda tem um carro bloqueando o meu na garagem do prédio. Calma, Maria Ana, não entre em surto só porque um idiota qualquer não sabe estacionar e o chefe vai arrancar as suas tripas.

Vou começar a gritar por socorro quando o elevador chega e quem sai de lá? O vizinho maravilhoso. Ele oferece uma carona, já que o meu carro não vai sair de onde está tão cedo.

Não vou aceitar. Não vou aceitar. Preciso pensar em uma desculpa. Não vou aceitar. É confusão na certa. Não vou aceitar.

3

Aceito.

4

O carro dele tem cheiro de bebê misturado com algum perfume doce de mulher. Não consigo ficar à vontade, me acomodar no banco e conversar normalmente. Parece que estou invadindo um lugar que não é meu.

Roger Moreira, vizinho e símbolo sexual, trabalha na zona norte, mas vai me levar até o jornal, que fica no centro. Ele é advogado de uma grande indústria de alimentos. A mulher, Mariana, é professora de balé. Fico morrendo de ciúme do corpão que ela deve ter. O filhinho, claro, só podia se chamar Roger Jr. Lindo como é, nada mais justo que garantisse no nome a continuação da espécie perfeita dos Rogers.

Falo pouco de mim e principalmente não falo nada de Tarugo. Acabei de decidir que abrigos, munhequeiras e cronômetros pela casa estão com os segundos contados. Hoje mesmo vou pedir um tempo para pensar na relação, ou seja, vou mandar Tarugo longe para nunca mais.

Sabe quando existe alguma coisa além de perfume de bebê e de esposa no ar? O vizinho também sabe e não me deixa descer do carro. Estaciona e ficamos conversando na frente do jornal, enquanto a reunião de pauta avança.

Não sei de onde tiro a coragem para segurar a mão dele. Talvez um infiel em começo de carreira, o vizinho olha para todos os lados e só deixa a mão ficar na minha quando tem certeza de que a sogra, os cunhados e os repórteres das revistas de fofoca não estão no local.

Agora que o primeiro passo foi dado, o vizinho está nervoso para se despedir. Depois de um beijo apressado, ele vai embora e eu entro no jornal para ser fuzilada pelo olhar do chefe.

5

Não quero esperar mais para dizer adeus, Tarugo. Em casa ao meio-dia, encontro a louça lavada, a sala arrumada e a roupa passada. Dá até vontade de reconsiderar, mas neste momento estou precisando mais de um homem de verdade que de uma boa empregada.

Tarugo fica magoado comigo, diz que terminou com Lurdinha por minha causa.

Eu sei que não é verdade e Tarugo também sabe, mas ele não teria coração, nem eu, se não fôssemos capazes de fingir um pouco de sofrimento neste final.

Quando eu voltar à noite, Tarugo não vai mais estar aqui. Tenho pena dele e de mim, e agora não estou fingindo. Tenho pena de nunca ter achado que fosse dar certo. A mesma pena que começo a sentir quando penso no meu vizinho maravilhoso e sua família mais maravilhosa ainda.

6

Quem se atrasa para a reunião de pauta, pega o que sobrar.

Cumpra-se. Lá vou eu a caminho da Primeira Jornada Sensorial de Terapia Reiki, seja lá o que isso signifique.

Logo na chegada falo com o Grande Mestre Reiki. Ele me explica detalhadamente o que vai acontecer no evento, mas mostra-se preocupado com uma certa energia negativa que diz sentir em mim. Para nada atrapalhar a jornada, o Grande Mestre convoca três mestres menos graduados para tratar do meu problema.

Fique calma, diz um dos mestres menores, agora nós vamos equilibrar a sua energia Ki e a sua energia Rei. Rei, para mim, ou é o Roberto Carlos, ou é o Pelé. Não consigo ficar calma enquanto os três mestres colocam no meu corpo todos os seus dedos, trinta no total. Sou um ser primitivo demais para achar que tanta mão em cima de mim tem a ver com o lado espiritual. Relaxe, diz outro mestre, nós somos apenas o canal para você atingir o equilíbrio. Desde que o terceiro mestre não me mande gozar, o resto vai estar sob controle.

Minha energia negativa contaminou dois dos mestres, que desistem da sessão para assistir ao show do grupo Companhia do Mantra. O que sobrou conversa sobre a continuação do tratamento, aquele passar geral de mãos em mim durante quatro dias consecutivos, para começar, e depois conforme a minha necessidade. O nome certo disso é terapia Reiki.

Até que meu terapeuta é interessante, mas não posso esquecer que ele é um honorável mestre. E mesmo que não fosse, eu não sou uma moça solteira. Tenho o meu vizinho, agora.

Terminada a reportagem, o mestre me acompanha até a porta e pede o meu telefone. Ele é espiritualizado, mas não está morto. Escrevo o número em um folhetinho ilustrado com uma divindade indiana cheia de mãos, provável inspiração do tratamento que me foi recomendado. Na saída ainda posso ouvir o vocalista da Companhia do Mantra levantando a plateia:

– Simbora, quero todos cantando mentalmente comigo!

7

Hoje quem vai preparar o jantar sou eu. É a primeira vez que cozinho no meu novo apartamento e deve ser a segunda em toda a minha vida. Na divisão informal de tarefas, a cozinha era de Tarugo.

A Cozinha Maravilhosa de Tarugo.

Não podia dar certo.

A partir de agora, as frituras estão banidas desta casa. Estou cansada de ter cheiro de chuleta. É só eu colocar o talharim na água fervendo que o telefone toca.

– Não consigo esquecer o seu beijo.

Meu vizinho lindo falando rápido e baixinho, a mulher deve estar trocando as fraldas do bebê no quarto. Quer me encontrar amanhã no final da tarde. Não tenho tempo de responder, ele precisa desligar e então fico só eu e mais ninguém do outro lado da linha.

Voltando ao talharim, agora sem muito apetite. Por que ele ligou, só para eu me sentir uma ruína? Ainda estou repetindo para mim mesma cada palavra rápida da conversa e o telefone toca outra vez. Graças aos céus, meu vizinho se arrependeu do que fez comigo.

– Eu ia ficar muito triste se você não ligasse.

– Como você sabia que era eu?

Demônios, o mestre Reiki. Só me resta continuar como se estivesse esperando por ele.

– Senti a sua energia, acho.

– Queria convidar você para jantar, Maria Ana.

– Pode ser amanhã?

– Pode, sim. Estou sem carro, você me pega às nove?

Pego. E azar do vizinho com seus planos de namoro no final da tarde.

O mestre Reiki é que está certo. Eu sou mulher para se levar a restaurante, para ir a lugares cheios de gente e mostrar para os amigos.

Azar do vizinho, que não esquece do meu beijo.

Azar o meu, que não esqueço o meu vizinho.

8

Não adiantou madrugar para a reunião de pauta. Peguei a cobertura de Chimbiquinha e Realengo, um sensacional tudo ou nada entre dois times da décima divisão.

Eu na cabine de imprensa, na verdade um banco a céu aberto na lateral do campo. Minha função é anotar os principais lances, mas trinta minutos depois o meu bloco continua em branco. Para que eu não durma neste banco imundo, Deus providencia uma chuva fininha e gelada, dessas que grudam no cabelo e formam estalactites nos cílios.

Intervalo. Se acontecer alguma coisa interessante e eu não anotar, não é incompetência, é que congelei mesmo. O capitão do Chimbiquinha dá o chute inicial. O zagueiro Cabeção, do Realengo, dá um soco na cara do meia-esquerda do próprio Realengo. Já vi muito time se matar em campo, mas assim, nunca.

Considerados os descontos, estes noventa e seis minutos (setenta e três de bola rolando) já podem entrar para a galeria dos piores da minha vida. A partida termina empatada e com três expulsões de cada lado. Ouço os técnicos e alguns jogadores. Quando vou entrevistar Cabeção, os hooligans do Realengo avançam para cima dele em massa. São uns sete ou oito, mas para mim é o bastante.

Bato em retirada junto com Cabeção e acabo entrando com ele no ônibus do time.

Como diria o segundo mestre Reiki, agora é relaxar. Enquanto o ônibus me leva para a concentração do Realengo, no outro lado da cidade, penso que nunca tive tantas emoções com tantos homens em uma noite só.

E eu ainda reclamo.

9

O vizinho e família aparecem na garagem no instante em que eu chego para pegar o carro. Ele me olha como se não entendesse o que eu faço ali, tão cheirosa e arrumada, numa quinta-feira à noite.

Vou buscar um terapeuta Reiki para sair, é óbvio. E só agora me ocorre que nem sei o nome dele.

O vizinho faz a mulher e o bebê subirem e continua na garagem enquanto manobro o carro. Pelo menos hoje eu não posso raspar na parede. A porta já está abrindo e o vizinho parado, me vendo ir embora sem dizer nada que me faça ficar.

As pessoas em geral e os homens em particular sempre me têm da maneira mais fácil, quase sem esforço. Infelizmente para Roger Moreira, é ele quem vai pagar por todas as vezes em que eu fiquei sem ninguém precisar pedir.

Saio da garagem para entrar em outra história.

10

O terapeuta Reiki está sentado no meu carro e eu não sei como me dirigir a ele. É impressionante, eu sempre consigo me superar. Hoje, por exemplo, vou jantar com alguém de quem não sei nem o nome.

Ele conta que tem quarenta e cinco anos, muito mais que eu. Quando diz que é psicólogo, tenho uma iluminação:

– Quero o seu cartão agora, estou precisando de uma consulta.

Aqui está, na minha mão, o nome do meu amigo. Mauro. Ele é calmo, muito calmo, do tipo que até incenso acende. Também faz mapa astral e interpreta sonhos.

Pensei que fôssemos a um restaurante indiano, mas Mauro quer uma churrascaria mesmo. Pelo jeito, vaca, para ele, só é sagrada no espeto.

Aqui abro um parêntese para a minha única teoria.

Mulheres só se apaixonam a sério por homens que sabem fazer rir. Homens que dizem coisas engraçadas, ao mesmo tempo idiotas e inteligentes, o que elimina o Chapolim da lista.

Não tenho vontade de rir uma única vez com Mauro, no máximo dou um ou outro sorriso, quase sempre por educação. Além de maconha na sala e acordes de cítaras no toca-discos, estar com ele faz pensar numa vida pacata e contemplativa, quase bovina, como me inspira a churrascaria.

Eliminado da lista.

Só deixo Mauro me beijar porque sei que vai ser a única vez. Ele desce do carro e, antes que eu dobre a esquina, o cartão com seu telefone de psicólogo já está voando pela janela, para longe de mim, das minhas teorias e de tudo o que eu não ri nesta noite.

11

Você não vai acreditar.

Meu vizinho estava me esperando na garagem.

Não sei o que Roger Moreira disse para convencer a mulher a dormir fora.

Mas ela foi e ele só sai do meu apartamento na manhã seguinte, quando todos os outros vizinhos já estão tomando o café da manhã com suas legítimas esposas.

Além de lembranças, a noite deixou também um tratado.

Fica combinado que meu vizinho nunca vai prometer nada, nem eu vou pedir.

Fica acordado que ele não tem planos de deixar a família.

Fica acertado que eu continuo me envolvendo com outras pessoas, se quiser assim.

Fica tratado que não existem aniversários, que as datas não são comemoradas e os presentes não são trocados.

Fica sacramentado que o casamento não impede um homem de conhecer e se apaixonar e querer ter outra mulher que não é a dele.

Fica documentado que relações assim só sobrevivem sem compromisso e só existem pela vontade de existir.

Fica tudo conversado, resolvido e entendido.

E quando ele fecha a porta, fica também o vazio.

12

Voltei a encontrar o mestre Reiki, só que profissionalmente. Agora ele é meu psicólogo. Também aproveitei para fazer o mapa astral, e na saída ele ainda me vendeu alguns incensos.

Sexta foi aniversário de Tarugo. Liguei e combinamos um jantar. Tarugo estava de calça, camisa xadrez e blusão nas costas. Pensando bem, ele fica melhor de abrigo.

Também conheci um instrutor de surfe boliviano, o que é um pouco estranho, considerando a tradição da Bolívia neste esporte. No verão ele mora em Santa Catarina, no inverno é professor de esqui em Bariloche. Parece perfeito para os meus finais de semana sem o vizinho.

E o garoto que caiu de amores por mim numa destas noites? Não só tinha dezessete anos incompletos, como foi a primeira vez que chegou perto de uma mulher em sua curta vida. Fiz o favor de levar a criança para a minha casa, mas acabei me arrependendo. Ele colou um chiclé no pufe peludo da sala. Agora saia daqui e só me apareça outra vez quando tiver uns vinte e cinco.

Às vezes fico com o meu vizinho, sempre respeitadas as regras: ninguém é de ninguém, mas ele é da mulher dele. Não gosto nem um pouco da situação, mas gosto tanto de Roger Moreira que quero viver assim, mais ou menos feliz e para sempre com ele. Precisaria acontecer alguma coisa muito grave para terminar a nossa história.

13

A mulher do meu vizinho está esperando sêxtuplos.

14

Fim.

(Quase) real

A reunião com Ademar Russo é um sucesso. Embora não conhecesse seu Coitinho, ele chora quando lê a dedicatória póstuma que escrevi. Prometo voltar para um café na próxima semana. Nunca pensei que os homens com mais de noventa existissem, quanto mais que fossem tão interessantes.

– Se eu não estivesse no segundo terço da vida, fundaria um jornal para nós dois.

– Não seja por isso, eu ainda estou no primeiro terço. Posso cuidar do nosso império, seu Ademar.

O pagamento vai sair em três dias. Até lá preciso encontrar algo com o que me distrair. Minha mãe dizia: se não tem o que fazer, faça arrumação. Organiza a casa e a cabeça. Ela levava isso a sério, não deixava nada fora do lugar. Os próprios nervos e pensamentos dela pareciam totalmente sob controle, embora, de vez em quando, eu a ouvisse chorar no banheiro.

Organizar para acalmar, portanto. Sem Wilson já posso colocar os bibelôs na mesinha – alguns ele engoliu sem esforço antes que eu pudesse impedir –, voltar com o tapete da sala e me livrar dos jornais velhos que acumulei para servir de banheiro canino. Pensei que levaria mais tempo, mas em menos de quinze minutos me outorgo o ISO 9000 de arrumação. Moro em um bom apartamento comprado com a venda da casa impecável da minha infância. Após a morte do meu pai, minha mãe morou sozinha por alguns anos. Quando a perdi e, junto com ela, a minha condição de filha, ficando responsável por todos os meus atos sem uma instância superior para recorrer em busca de apoio e carinho, preferi vender a casa. Às vezes penso em alugar o segundo quarto, mas tenho medo das consequências. Um inquilino ouvindo som sertanejo no volume máximo, um inquilino fazendo sexo aos gritos, um inquilino se masturbando no meu chuveiro, um inquilino cozinhando buchada de bode no meu fogão. São essas as imagens que me ocorrem quando quero colocar um anúncio na internet. De qualquer jeito, é sempre uma possibilidade na crise.

E crise é o que não falta nos meus quarenta e três.

Ainda não superei a perda de seu Coitinho. Preocupada com o meu abatimento, minha amiga Valentina (é um pseudônimo) me convence a encontrar companhia no mundo virtual. Não que eu vá esquecer dele, não sou tão fútil assim. Mas Valentina acha que um pouco de divertimento pode me ajudar, inclusive profissionalmente. Segundo ela, a nuvem de tristeza que paira acima da minha figura afasta até telefonema de telemarketing.

Ao contrário de mim, Valentina não desiste nunca. Depois de muitos anos casada, descobriu o Tinder, o Happn e outros aplicativos de encontros. Acabou trocando o marido pelos parceiros eventuais. O ex, inclusive, adicionou-a no Tinder e, quando nada de mais emocionante acontece, os dois combinam um revival.

Valentina me explica o funcionamento do aplicativo. Quando eu gostar de alguém, devo sinalizar o meu interesse dando um *like*. Se a criatura me curtir também, acontece um *match*. Se eu quiser demonstrar muito interesse, mando um *superlike* e rezo para que a vítima reaja. Depois é tudo comigo. Em geral as pessoas trocam fotos e até vídeos antes de marcarem um encontro. Sorte que tenho os nudes ainda inéditos de Lelé Carvalho, caso alguém solicite.

Outra coisa que ela faz questão de frisar, talvez por conhecer tão bem minha personalidade paleolítica: nesses aplicativos, o romance inteiro acontece em uma noite. Eu que não espere passar a velhice na companhia de alguém que me deu um *like* no Tinder. Parece que até existem casos, mas são tão raros que o Fantástico fez uma matéria sobre eles.

Valentina vai embora e eu fico experimentando caras de homens como quem olha um cardápio. Este não, tem o rosto muito redondo. Não, muito peludo. Careca com franja? Impossível. Barrigudo, passo. E um coroa de 50? Nem pensar. Estou no Tinder há dois minutos e já faço tudo o que sempre condenei quando via os meus colegas de trabalho classificando as garotas da redação. De mim, certa vez, disseram que tinha a bunda caída. Passei um mês em depressão.

E então, um *superlike*! Alguém gostou da minha foto antes de eu tomar qualquer iniciativa. Minha autoestima vem lá das profundezas onde dormia. Devia ter baixado esse troço antes. Não precisei fazer nada e, não mais do que de repente, fui notada. Confiro quem é meu pretendente e me decepciono um pouco. É um branquelo um tanto estranho. Ou não. Olhando com generosidade, não é tão horroroso assim. Só parece meio esverdeado de tão branquinho. A pele chega a brilhar. Ou então é um filtro, nunca se sabe.

Decido esperar até o fim da tarde. Se ninguém mais curtir a minha foto, respondo ao branquelo. Encaro como um test drive, apenas para aprender a me relacionar com o aplicativo.

Mais cinco pretendentes se manifestam. Só vivi tanta fartura no movimento estudantil, e isso porque aderi ao lema da época, tudo pela revolução. Valentina me aconselha a conversar com cada um deles no WhatsApp. Nessas horas, meu método é o bom e velho unidunitê. É o dia de sorte do branquelo: ele é o escolhido.

( )

BRANQUELO

– Oi, aqui é a Maria Ana.
– Aqui é o Rob Erto. Uashuashuashuashuash
– Não entendi.
– Vc separou as sílabas. Kkkkkkkkkkkkkkkk
– Meu nome É Maria Ana.
– Sei. Manda nudes.
– A gente nem conversou!
– Manda nudes.

Bloqueio o branquelo. Hay que intentarse, pero sin perder la ternura jamás.

( )

MAU-MAU

– Oi, é a Maria Ana.
– E aqui é o Maurício, mas todo mundo me chama de Mau-Mau.
– Hum. E você é mau mesmo?
– Um doce. E você?

Mau-Mau começou bem. É isso que se espera de alguém em um aplicativo de encontros, que se mostre virtualmente agradável – mesmo que depois a realidade desminta essa impressão.

Ele tem 38 anos, é gastroenterologista e passa os dias fazendo colonoscopia em uma clínica. Trabalha doze horas, fora os plantões. Já eu, que tenho por ocupação atual escrever um romance que nunca começa, posso me dedicar inteiramente ao nosso relacionamento virtual.

Mau-Mau escreve quando pode, entre uma colonoscopia e outra, e acho que deve se corresponder com mais candidatas simultaneamente. Pontos altos: parece inteligente, é engraçado, escreve sem erros de português e, se a foto não for de outro, é um homem bonito. Junte a isso a minha falta de atividade e pronto, só penso nele. Então Mau-Mau fica dois dias sem dar notícias. Visualiza as minhas mensagens e não responde. Maldita hora em que inventaram os dois risquinhos azuis do WhatsApp. Para quê? Tão mais cômodo pensar que o destinatário não havia visto o recado. Hoje o desprezo fica latejando, ardendo, humilhando o remetente.

Resolvo passar para o terceiro pretendente da minha lista – que não para de aumentar, diga-se –, um afrodescendente chamado Ed. Mas antes, e apenas para que Mau-Mau tenha razões para lamentar o que deixou escapar, mando um dos meus nudes para ele. Um que pouco revela, porque na foto o Lulu da Pomerânia Raoni está espalhado em cima do meu corpo como se fosse um casaco de pele. Não se passam quarenta e três segundos e Mau-Mau responde.

– Quero você.

Ia me fazer de difícil, mas ele só tem 40 minutos de intervalo. Tem que ser agora. Passo o endereço e uma instrução.

– Diga para o porteiro que é meu primo em segundo grau.

"Primo" para evitar falatórios de que estou recebendo um homem em casa no meio da tarde, e "de segundo grau" para não parecer um parente tão próximo, caso eu venha a namorá-lo. Não deveria ser tão prática, mas sou.

Mal tenho tempo de tomar um banho. Mau-Mau chega em dez minutos e pula em cima de mim quando abro a porta. Não consigo ver se é tão bonito quanto parecia porque ele me lambe o rosto todo, mordisca meu nariz, minhas bochechas, meu queixo. Se eu não fecho os olhos, suga até minhas córneas. Mau-Mau vai me empurrando em direção ao sofá. Não foi isso que imaginei. Eu nem ouvi a voz dele ainda. Tento sair da overdose de cuspe.

– Vou pegar uma cervejinha.

– Slashslashslashslashslashslah.

– Não consigo respirar!

– Slashslashslashslashslashslah.

– Sai de cima de mim, porra.

Só assim Mau-Mau me solta, meio assustado. Senta no sofá e ajeita o cabelo ensopado, não sei se de suor ou de saliva. Fico a uma distância segura.

– Fiz alguma coisa errada?

– Não deu nem boa-tarde.

– É que eu só tenho (olha o celular) vinte e dois minutos.

– Gastaria dois segundos. Quer uma cervejinha?

– Negativo. Tenho mais quinze colonoscopias hoje.

– Quer me falar sobre o seu trabalho?

– Melhor demonstrar.

Mau-Mau levanta e vem na minha direção. Antes que seja tarde, me imponho.

– Não me lambe.

Ele contém o ímpeto bucal e parte para tirar a minha roupa. Acho que eu esperava um pouco mais de romance. Falso, mas romance. Ainda assim, pelo inusitado de tudo, começo a gostar da situação.

Acho que estamos perto das vias de fato, mas Mau-Mau está errando a via em questão. Tento ajudá-lo, mas ele me ignora. Insiste até me irritar.

– Não é aí.

Mau-Mau ignora meu aviso.

É mais ao norte, por gentileza.

Mau-Mau se faz de louco.

– Você não me ouviu?

Pelo jeito, não.

– Parou a brincadeira.

Minha primeira tentativa de relacionamento virtual serve para eu estabelecer uma regra. O sujeito pode estar dentro da minha casa, deitado na minha cama e sem roupa. Se eu não quiser, não acontece nada. Mau-Mau diz que estou perdendo a chance de experimentar um dos prazeres mais refinados do sexo. Me conhece há meia hora e já tem a pretensão de ser meu mestre. Depois de um banho para tirar a saliva da cara e do cabelo, vou atrás dos conselhos de Valentina.

– Nem sempre se acerta de primeira. Às vezes, não se acerta nunca. É como na vida.

– Acho que eu não nasci para essas coisas.

– Todo mundo nasce para tudo. Tenta de novo e depois me conta.

Já que a minha amiga tem a clareza que me falta, vou à luta. Escolho outro dos meus pretendentes e mando um coraçãozinho. Como se diz nessas horas: *match*.

( )

NORTON

Dessa vez marco o encontro em um café. Norton é publicitário e se veste de publicitário: a calça que se usa no Brooklyn, a camisa com a manga dobrada do jeito que a moda manda. O cabelo também é quase uma escultura. Controlo a vontade de botar a mão e ver se é de verdade ou se ele usa uma instalação na cabeça.

Estou dando sorte com as minhas escolhas. Norton é uma graça e tem 28 anos. O que leva um menino bonito de 28 anos a procurar companhia em um aplicativo? Só pode ser a maior intimidade com o virtual que essa geração desenvolveu. A realidade é mesmo muito trabalhosa.

Norton é redator e penso que isso pode render uma conversa animada, nós dois profissionais do texto. Que nada. Não entendo o que ele me fala: B2B, branding, Market Growth Rate, Inbound Marketing. Eu não esperava que Norton discorresse sobre *Grande Sertão: Veredas*, mas nada mais distante do meu conceito de linguagem do que as palavras dele na nossa conversa.

Fico sabendo que Norton está criando uma plataforma de comunicação, algo que o obriga a atravessar noites em reuniões e mais reuniões. Sendo assim, o tempo livre dele para sexo é durante o horário comercial. E é por isso que estamos aqui.

Na tentativa de estabelecer alguma intimidade, conto um pouco da minha vida para Norton. Jornalista. Alguns anos mais velha – não digo que são vários. Desempregada. Vivendo de frilas. Uma perda recente, o seu Coitinho. Meio em crise. Sem muitas perspectivas no momento. Ele pede mais um expresso forte duplo.

Norton interrompe meu relato com um beijo. E que beijo. Quero outro e mais outro. A cena está ficando forte demais para as senhoras em volta. Ele paga a conta e saímos.

Sou contra descrições de intimidades, mas posso dizer que valeu cada segundo dos 32 minutos que Norton passou na minha casa. Uma estadia breve, mas intensa. São pouco mais de quatro da tarde quando ele sai para uma reunião na agência. Não consigo nem levá-lo até a porta. Só levanto no dia seguinte. Saudade dos meus 28.

A primeira coisa que faço ao acordar é escrever para Norton.

– Oi, trabalhou muito? Topa um café hoje?

A resposta demora e vem lacônica.

– Sepá.

(Não posso esquecer de usar *sepá* de agora em diante, mostra que a pessoa está atualizada no vocabulário.)

Deixo passar algumas horas e volto à carga.

– E aí, café na tarde? Eu pularia a parte do café e viria direto para cá. Kkkkkkkk

(É a primeira vez que uso kkkkkkkkk, acho que pode pegar bem com um rapaz de 28 anos.)

Ele só me escreve no meio da noite. E dessa vez não é lacônico.

– Não leve a mal, mas você sugou minha energia. É muita falta de perspectiva junta. A gente se vê por aí. Boa sorte.

Sugou minha energia? Falta de perspectiva? Boa sorte? Escrevo uma longa mensagem respondendo ao desaforo e, quando vou enviar, vejo que Norton me bloqueou.

Se o resto todo da minha existência não estivesse tão sem graça, talvez eu não me abalasse. Mas, na falta de outros interesses, a rejeição de um desconhecido sem importância alguma me deprime. É Valentina quem me arranca da cama, abre as janelas e me leva para o banho.

– Assim eu vou me arrepender de ter iniciado você.

– Ele não tinha o direito de me impedir de falar sobre a nossa relação.

– Que relação?

– O amor é complicado até no mundo virtual.

– Que amor?

Antes de sair, Valentina escolhe um dos meus candidatos e começa uma conversa por mim. Tudo o que eu preciso fazer agora é dar andamento ao assunto. Ela não tem culpa nenhuma, mas se sente responsável pelo meu desempenho ruim.

Pela janela, entra uma música que poderia ser a minha trilha sonora no aplicativo.

Uma vida inteira
Numa noite só
História verdadeira
Até o nascer do sol
E logo estava esquecido
Pensando bem, faz sentido
Os dois felizes pra sempre
Até baterem as cinco. *

Isso que dá inventar moda sendo tão sentimental.

*Felizes para Sempre, Kleiton & Kledir

( )

ALEMÃO

Talvez ele tenha sido loiro quando criança, mas o homem que dorme agora na minha cama é grisalho e tem a pele bem morena. Gosta de ser chamado de Alemão, então, vá lá. Apresento Alemão, nascido Carlos José.

Dessa vez há um encontro de almas. Aos quarenta e seis anos, Alemão é sensível, educado, honesto e culto. É advogado, faz os próprios horários e tem tempo sobrando para mim. Antes de chegar a este quarto, saiu comigo cinco vezes, uma delas para assistir a um filme da Audrey Hepburn em uma retrospectiva. Gostou mais do que eu.

Pergunto o que fez um homem tão tradicional procurar companhia no Tinder. Alemão fala que é este, justamente, o problema. As mulheres não se interessam mais por tipos antiquados como ele.

Já são mais de dez horas e Alemão não acorda. Tudo bem fazer os próprios horários, mas é preciso ir atrás das oportunidades, ainda mais com a concorrência do jeito que está. É a isso que me dedico agora, mandando e-mails para todos os sites, jornais, rádios, TVs, assessorias de imprensa e órgãos públicos.

"Prezada/o XXXX, tudo bem com você?

Faz tempo que não nos falamos, então aproveito para lembrar que estou no mercado e disponível. Hoje atuo também na área de livros para empresas. Se interessar, tenho um projeto pronto para sua apreciação.

Muito obrigada e espero o seu contato.

Maria Ana."

Por enquanto, as únicas respostas que tive foram as automáticas, informando que a caixa postal do destinatário está lotada.

Finalmente Alemão acorda. Surge na sala de banho tomado e com uma camiseta minha onde se lê Look at My Boobs – iniciativa de uma amiga para uma campanha de prevenção ao câncer de mama. Nunca usei e não sei de que gaveta ele desenterrou. O curioso é que nós dois temos praticamente o mesmo corpo, eu com menos cintura.

E Alemão fica. E fica. E fica. E fica. É difícil para mim escrever com outra presença no mesmo ambiente. Meu escritório é na sala e ele ali, cuidando para não fazer barulho, às vezes perguntando se quero água, perturba os meus pensamentos. Desisto de tentar escrever para stalkear a inspiradora vida dos outros no Facebook. No dia em que eu souber aparentar sucesso nas fotos, quero ver alguém me acusar de sugadora de energia.

Então, no que eu classifico como milagre, o assistente do diretor de uma emissora de TV da cidade responde ao meu e-mail. De tão nervosa, aceito a água que Alemão não para de me oferecer. O executivo quer conversar comigo, já me conhece por uma recomendação de um cliente importante da emissora, Ademar Russo. Santo seu

Ademar! Para que nossa conversa seja marcada, pede que eu envie o meu currículo o mais rápido possível. Faço isso no mesmo instante. Há tempos não sinto essa leveza, então registro: estou feliz. Alemão se vale de tal condição para me agarrar à vontade. E eu aproveito a empolgação dele. Se tem lugar que Alemão aprecia é a cama, e é para lá que voltamos.

Acordo pelas quatro da tarde. Alemão dorme como se fossem onze da noite. Levanto direto para ver se a reunião com o executivo já foi marcada. Abro o computador e sinto um AVC se aproximando.

"Prezada, nossa empresa é séria. Não existe nenhuma hipótese de uma funcionária ser contratada com base nesses expedientes. Caso não saiba, nós retransmitimos programação evangélica e seu nome já foi retirado do nosso cadastro."

Só pode ser um engano, a que expedientes ele se refere? Eu apenas anexei o meu currículo.

É quando, de algum lugar obscuro, me vem a lembrança. Meus nudes. Em um ataque de criatividade, a foto mais reveladora de todas eu salvei como CUrriculo.

Em lugar de mandar curriculo.docx, eu enviei CUrriculo.jpg.

Muito mais tarde, quando Alemão acorda, peço que vá embora sem mais perguntas. Ele não entende essa parte e começa um verdadeiro questionário, será que me machucou ou ofendeu ou desrespeitou? Não, eu digo, eu só quero que você saia. E pode levar a camiseta Look at My Boobs, eu nunca vou usar essa merda.

Já fui eu a levar um pé na bunda tantas vezes que entendo como ele se sente. Alemão sou eu ontem, acha que insistir vai mudar a situação. E nem é que eu não vá ficar com ele novamente, apenas estou sofrendo por outro assunto agora. Uma coisa de cada vez.

Antes de ir, Alemão me pede um conselho. Onde procurar uma mulher que se interesse por um homem antigo como ele? Na faculdade de Arqueologia, digo sem encará-lo. Se eu fizer contato visual, Alemão não vai sair.

Valentina acha que eu deveria diminuir o peso do episódio do nude tentando contato com um jovem que me assediou. Mas jovem mesmo, deve ter uns vinte anos. O que de pior pode me acontecer que já não tenha acontecido?

( )

KAUÃ

Depois do *match*, quando vamos conversar no WhatsApp, descubro que Kauã é educado, inteligente, agradável, compreensivo, gentil. E também é filho da minha amiga Maria Ângela, que talvez me mate se vier a saber que eu pensei em transar com o filho adolescente dela. Kauã tem dezoito anos.

Se eu vivesse no mundo virtual, certo que seria um vírus.

(Quase) uma novela das nove

Minha alma canta, braços abertos sobre a Guanabara. O Rio de Janeiro é o lugar mais bonito do mundo, ainda mais para povos de outras latitudes como eu. Não admira que muito alemão já tenha enlouquecido por aqui. Tanta mulher com um pouco ou um nada de roupa como em Copacabana, só na floresta amazônica. E se a comunicação com as indígenas deve ser complicada, com três palavras já é possível manter um diálogo com as cariocas: merrmão, mórragito e cêquesssabe.

Uma sensação de felicidade completa toma conta de mim nas areias de Copacabana. Férias neste lugar maravilhoso, onde não tem vendaval na praia e toda bunda com celulite pode virar cartão postal. É o paraíso.

Vim para cá sozinha. Estou em um destes flats que ficam baratos na baixa estação. Não sabia o que fazer de duas semanas de férias até que me veio a ideia brilhante. Rio de Janeiro. Samba, mulatas, ziriguidum e telecoteco. Tudo no meu quarto de hotel, que eu não sou louca de andar por aí depois que escurece.

Felicidade completa dura pouco. Meia hora, contada no relógio. Hoje é o primeiro dia e eu já estou cansando da minha companhia. Quando me enojar da praia, dentro de alguns segundos, vou a um shopping. Depois posso ir ao cinema e, na saída, me convido para jantar. A primeira de muitas noites comigo na cidade maravilhosa.

2

Três dias e o cara que aluga guarda-sol já ficou meu íntimo. É eu abrir o Jornal do Brasil que ele vem conversar. Para este nativo, o sul é um lugar misterioso onde todas as mulheres são loiras e lindas como a Vera Fischer, mesmo que eu seja a prova viva do equívoco.

Da minha cadeira já identifico alguns colegas de vagabundagem. Duas mulheres de quarenta e muitos estendem as toalhas perto de mim. Namoro ou amizade? Pelo jeitão, é um casal dos mais apaixonados. Uma olha para a outra com tanta ternura que chega a dar inveja. Deixa para lá, prometi que esta vai ser a última das minhas alternativas.

Um senhor de presumíveis sessenta chega todos os dias na mesma hora, senta no mesmo lugar, lê o mesmo livro e vai embora pelo mesmo caminho. Quem sabe para escapar de outras mesmices.

E tem um homem dos seus trinta anos que não para de olhar para mim. Corpo em excelente estado de conservação, rosto escondido por óculos gigantescos e um detalhe: é negro. Negrão da gema, eu diria.

O negrão sabe que agrada e está se alongando só para eu ver. A sunga amarela que ele usa reflete o sol e outras coisas mais. A não ser que guarde as meias de jogar futebol dentro da sunga, a situação na grande área do negrão chega a ser assustadora.

Resolvo me alongar também. Braços levantados vagarosamente, quadril encaixado, meu professor ia gostar de ver. E parece que o negrão gostou também. Estou exercitando a posição gansa-cansada-com-torcicolo quando uma voz de homem forte e macia ao mesmo tempo, uma voz de homem como não se faz mais hoje em dia, entra acariciando o meu ouvido.

– Mórragito, hein?

3

O rosto do afro-brasileirão está a um terço de milímetro do meu. Os dentes são tão brilhantes que eu me vejo em cada um deles. Acho que estou com medo. Se o negrão chegar mais perto, eu chamo o salva-vidas.

Levanto para escapar do cheiro salgado do negrão. No aeroporto não tinha o berlitz edição Praias do Rio, então não sei uma palavra sequer para dizer a ele. Assim, na pressa, só me ocorre o clássico mim, buana.

O negrão insiste:

– Merrmão?

– Eu não falar seu língua.

– Mórragito! Where are you from?

Essa agora, o negrão pensa que sou uma americana excêntrica em férias. Meu inglês não vai resistir tanto tempo.

– Olha, eu já estava de saída, amanhã a gente se fala aqui na praia.

– Cêquesssabe, merrmão.

O olhar do negrão me acompanha até o outro lado da rua. Se ele vier atrás de mim, eu convido para um limão gelado. Caminho bem devagar, mas o negrão não me segue. Olho para trás e vejo aquele homem grande se exercitando na areia como se eu nunca tivesse existido há alguns minutos. Esta noite vou comprar um biquíni antes de jantar. Aliás, não vou nem jantar. Não quero sombra de barriga amanhã quando encontrar os músculos do negrão outra vez.

Durmo feliz pela primeira vez desde que cheguei ao Rio.

4

Já li uma banca de revistas inteira e nada do negrão aparecer. É tanto sol que minha pele está virando um pergaminho. Se ele demorar muito, vai encontrar uma ancestral minha no meu lugar.

A cada homem mais moreno que eu vejo, isto é, de cinco em cinco segundos, me dá um sobressalto. A rocinha, a mangueira e o vidigal estão todos na praia. Só o meu negrão não veio.

Começo a imaginar nosso futuro. Qual será a reação do meu pai quando eu levar o rapaz lá em casa? Em caso de grosseria, eu apelo: meu avô também não simpatizava nem um pouco com o futuro genro. Tanto que meu pai e minha mãe fugiram para o Uruguai e voltaram já comigo na barriga. Os dois acabaram casando às pressas, mas a cerimônia foi interrompida mais às pressas ainda porque eu resolvi nascer no meio. Acho que vem daí minha fixação por casamento.

E será que a família do negrão é grande? Muito provavelmente, sim. Como vou hospedar tanta gente? Eles devem vir de ônibus, todos suados, cheios de malas. A casa dos meus pais acomoda uns oito e mais uns seis cabem, espremidos, no meu apartamento.

Vou ter que arrumar alguns colchões. Se o negrão tiver irmãos pequenos, o que é bem possível, vai me jurar que eles não vão mexer em um CD meu. Até porque eu nem tenho CD de pagode.

E o nome do negrão, qual será? Pelo que sei este pessoal gosta muito de reverenciar o pai e a mãe na mesma homenagem. Mãe Donata e pai Juventílio, filho Donatílio. Pai Genebaldo e mãe Bernardete, filha Genebaldete. Mãe Florina e pai Aderbal, filho Florisbal.

Perdida nessas considerações, nem noto que a praia ficou completamente vazia e o nativo que aluga a cadeira está querendo que eu devolva a propriedade dele. Estou recebendo o troco em notas suadas de um real, dessas que todo prestador de serviços guarda no bolso traseiro da bermuda. Então, pela segunda vez, A Voz:

– Cê não ia me esssssperarrrrr?

5

Ele veio. Atrasado, de terno e gravata na praia, mas veio.

Bebendo um uísque (eu detesto uísque) em um bar famoso como se encontra em qualquer esquina do Rio, lamento ter comprado um biquíni rosa-choque em lugar de um tailleur rosa-bebê.

O negrão se chama Bernardo Antônio de Carvalho Monteiro Souza Oliveira da Silva, homenagem a um avô desembargador e ao outro que foi o primeiro brasileiro negro a presidir a Chrysler americana. É um jovem e promissor procurador da república.

Mora em Brasília, como convém, mas está passando as férias na casa do pai, primeiro brasileiro negro a trabalhar na NASA. Não tem irmãos porque a mãe, primeira brasileira negra a se eleger Miss Universo, preferiu não arriscar a silhueta premiada. Parece inclusive que ela acaba de aceitar um convite da Playboy, para desgosto da família.

Perto de Bernardo Antônio eu é que pareço ter nascido no morro, não sei nem em que data. Falo por alto dos meus parentes, isso que sempre morri de orgulho da minha mãe ter sido Senhorita Turismo da cidade dela. Descendente de nobres somalis, Bernardo Antônio é o príncipe de ébano da minha vida. Não pense que eu acompanho assim o primeiro que aparecer, mas Bernardo Antônio não é, definitivamente, qualquer um. Seus pais estão em uma recepção na embaixada da França e só concordo em entrar no quarto dele com a garantia de que logo serei levada para o meu flat humilde. Muito mais tarde, ou muito mais cedo, dependendo o ângulo, acordo com um mordomo uniformizado aspirando a trilha de areia que meus pés deixaram no carpete branco e peludo como um gato siamês. São sete da manhã e estou sozinha na cama de Bernardo Antônio. Só falta me confundirem com uma perigosa assaltante nua que invade as casas dos negros ricos.

Antes que eu ou o mordomo comecemos a gritar, Bernardo Antônio surge enrolado em uma toalha e fala com aquela voz, a mesma voz que transforma as melhores obscenidades em versos nos meus ouvidos.

– Mamãe querrrrrr conhecerrrrr você.

6

Minha sogra poderosa e playmate quer me conhecer e tudo que eu tenho para vestir é um biquíni úmido e uma canga de bali que até já serviu de manta para o sofá lá de casa.

Entro constrangida na sala de decoração pesada. Suely Regina, é como ela se apresenta para mim. Su, é como ela gosta de ser chamada. Linda, deve ter pouco mais de quarenta. Começo me desculpando por estar neste triste estado, espero que a senhora não pense mal de mim. Claro que não, eu também fui jovem um dia e acho que vamos ser grandes amigas. Qual é o seu nome de família, minha querida?

A sogra não se interessa pela minha ascendência espanhola e enquanto ela fala das tribos que originaram a casta dos Carvalho Monteiro Souza Oliveira da Silva, eu rezo para Bernardo Antônio surgir perfumado do seu closet e me tirar daqui.

Muito depois, quando já ouvi sobre a guerra da independência do Burundi, a queda da monarquia no Ceilão e a proclamação da república na Zâmbia, o mordomo que me viu nua avisa que Bernardo Antônio espera no carro.

Saio com uma broa de polvilho escondida na mão e cada celulite cuidadosamente analisada por Su. Vou sentar quando o mordomo infeliz surge com um plástico para eu não sujar o carro do patrãozinho. Só não me atiro do Cristo Redentor porque seria muito previsível e porque Bernardo Antônio vem me buscar às oito para jantar.

Antes de ir embora, ele me dá um anel de osso de português que sua tataratataravó ganhou de noivado há muitos séculos e um oceano inteiro, enquanto os colonizadores meus parentes acorrentavam e matavam os dele.

7

Bernardo Antônio volta amanhã para a selva, que é como ele chama Brasília. E quer que eu vá junto.

Nossos papéis históricos se inverteram e eu estou sendo escravizada pelo meu negrão. Senhor de engenho ao contrário, Bernardo Antônio prefere que eu pare de trabalhar. Não aceito e ele promete falar com um amigo das Alagoas, ex-jornalista e muito influente no *Correio Braziliense*. De mudança para uma mansão na ala sul, Bernardo Antônio não abre mão de dormir sozinho, mas me reserva uma suíte no andar inferior, fundos. Certamente próxima à senzala.

Preciso pensar, mas ele quer a resposta agora. Como não acredito que alguém tome a decisão certa sob pressão, decido que vou.

De volta ao flat, ligo para minha mãe despachar minhas roupas para Brasília. Ela me ameaça com um ataque cardíaco, eu ameaço interná-la no Hospital de Base. Livros e discos, é melhor deixar onde estão. Por enquanto não vou desalugar meu querido apartamento.

Dez da manhã, Bernardo Antônio e eu estamos no aeroporto nos despedindo da sogra Su. O sogro não cheguei a conhecer, foi para Houston trabalhar no primeiro projeto espacial desenvolvido por um brasileiro negro.

No avião Bernardo Antônio abre o jornal, como centenas de outros engravatados, e não diz palavra. Nessa hora eu reconheço nele alguém que tenho observado há anos, um legítimo e verdadeiro representante da espécie Homo voadorus.

8

O Homo voadorus só desliga o celular no último degrau da escada. É como se estivesse sempre prestes a fechar um contrato milionário ali mesmo, na porta da aeronave.

Basta ver uma aeromoça, geralmente mais aero do que moça, que até o mais pacato senhor se transforma em galã no avião. Depois de usar todo o charme para pedir o jornal do dia, o ex-pacato senhor abre o vespertino na cara do passageiro do lado, que pode então aproveitar para ler as páginas externas.

O Homo voadorus sempre quer trocar de lugar e só sossega quando senta na poltrona de outro, o que interrompe o fluxo do corredor, exige a intervenção do piloto e pode atrasar o voo. Muito importante: ele sempre coloca os fones de ouvido, nem que seja para ouvir as instruções do comissário.

Depois de todas as piadas contadas e os comentários sobre Corinthians e Palmeiras feitos no volume apropriado para o avião inteiro ouvir, o Homo voadorus ataca a quentinha como se lutasse pela própria sobrevivência. Em segundos os alumínios são esvaziados e ele deita a poltrona até onde conseguir, de preferência derrubando a bandeja do miserável que está atrás. É a senha para começar o Festival Aéreo do Ronco, um antigo costume da aviação comercial.

O típico Homo voadorus vai muitas vezes ao toilette e sempre mija na borda do vaso e/ou no chão. O avião nem aterrissou direito e ele já está com o cinto desafivelado e o dedo no botão power do celular. Na saída, finge desconhecer a máxima mulheres e crianças primeiro e atropela todo mundo, até a aeromoça para quem lançava olhares meigos há poucos instantes. Enquanto desce os degraus tropeçando, um ouvido experiente consegue distinguir, abafado no bolso do paletó dele, o sinal do celular sendo ligado.

9

Apartamento de Bernardo Antônio. Enquanto encaixotamos livros e louças para a mudança, vou conhecendo um pouco mais do meu amor.

Os CDs são muitos, todos de música clássica e ópera. Educado na Suíça, Bernardo Antônio não desenvolveu o gosto dos seus pares pelo samba e o axé. O som mais radical que encontrei aqui foram as Dez Mais de Richard Clayderman.

Roupas. Bernardo Antônio usa ternos feitos sob medida pelo alfaiate dos ministros e senadores, o que não é nenhuma garantia de elegância, se lembrarmos dos nossos ministros e senadores.

Sapatos. Nenhum mocassim de pompom, graças a Deus. Algumas meias brancas sociais, que eu trato de colocar no saco de doações para os pobres. Os tênis para ele correr, fazer ginástica e continuar sendo a minha escultura preferida vão direto para a mala.

Muitas obras sobre direito, política internacional, biografias de estadistas, Bernardo Antônio não é do tipo que lê para relaxar. As estantes estão todas ocupadas.

Vamos precisar de prateleiras novas quando eu trouxer os meus livros.

Depois de um dia inteiro de trabalho braçal, Bernardo Antônio deita comigo, mas não descansa. Saímos cansados para jantar, continuamos nos cansando na volta e eu estou quase dormindo de tanto cansaço quando ouço a voz dele, mais carícia que voz, dizer alguma coisa em uma língua que não entendo.

Na manhã seguinte ele traduz do senegalês para mim.

Bernardo Antônio disse: amo você.

10

Vou conhecer os amigos de Bernardo Antônio hoje. Um petit comitê, como ele chama, vem a nossa casa no começo da noite. Disse nossa, mas a verdade é que a casa é só dele. Nenhum objeto, nenhum papel, nada de meu fica esquecido sobre uma poltrona ou é visto numa prateleira. Bernardo Antônio elimina os meus vestígios com tanta naturalidade que até eu acho natural.

Aproveito a ocasião para realizar um grande sonho de Bernardo Antônio, usar tailleur. Não ele, eu. Fico parecida com uma secretária bilíngue, como sempre foi meu grande sonho. Ser bilíngue, não secretária.

Dani e Clóvis são os primeiros a chegar. Ele foi nomeado para o Ministério da Justiça e conseguiu nomear a mulher sua assessora. O assunto varia das últimas conquistas dos servidores federais ao relatório de uma comissão sobre o plano diretor de Ceilândia.

Atendo à porta e lá estão Odete e Margarete, as gêmeas que Bernardo Antônio conheceu na faculdade. Advogadas, as duas trabalham com ele na procuradoria. São loiras pintadas quase idênticas. O jeito com que Odete me olha não deixa dúvidas: ela está torcendo para Bernardo Antônio ficar viúvo nos próximos minutos. Margarete consegue ser um pouco mais amistosa, mas fala comigo procurando todas as imperfeições que sua miopia oito e meio conseguir encontrar. Melhor ignorar a dupla pelo resto da noite. Pelo resto da vida.

Silvinha e Flaviano chegam logo em seguida e trazem junto um bebê de sete meses chamado, casualmente, Bernardo Antônio. Apesar da aparência europeia do casal, o Bernardo Antônio deles é mais escuro que o meu. Silvinha e Flaviano atribuem isso a uma grande coincidência ou a uma brincadeira da genética. Não estou muito convencida, mas ainda assim o pequeno Bernardo Antônio é a pessoa mais interessante da recepção.

Passo a noite inteira com o bebê derramando suco e pisando em biscoitos no persa legítimo da sala de Bernardo Antônio, o primeiro, mas não mais o único.

11

Dois meses sem trabalhar. O amigo influente de Bernardo Antônio não tinha mais tanta influência assim, então passo os dias na piscina e na ginástica. Se tem alguém aproveitando esta temporada é o meu corpo. Eu já estava mesmo cansada de ser só um cérebro bonito.

Não mexo um músculo anabolizado para arrumar a casa de Bernardo Antônio. Gisenete, uma negrinha muito da bonitinha que trabalhava para os antigos proprietários, provavelmente foi incluída no contrato de compra e venda da mansão. Toma conta de tudo e decide até o cardápio. Reclamei e a resposta de Bernardo Antônio foi de revoltar o Zumbi dos Palmares, esteja ele onde estiver.

– Pensei que você essssstava preparada para viverrrrr na corrrrte.

Acho que Bernardo Antônio não consegue superar nossas diferenças sociais. Eu estudei em escola pública, viajei em excursão e sei dançar o lambatchan. Ele é formado em Cambridge, nunca pisou na classe econômica e quando acompanha sua mãe Suely Regina ao balé, assiste da tribuna de honra.

Às vezes me dá vontade de chamá-lo de meu nêgo só para ver o que acontece. Chego a dizer meu nê, aí fico com medo e remendo na hora. Meu ne...cessário motivo de alegrias e realizações. Bernardo Antônio quase vai ao ápice quando eu falo isso.

O Bernardo Antônio de agora não é o mesmo que conheci em Copacabana. E acho que eu preferia o negrão da beira da praia. Falando nisso, pedi para ele usar outra vez aquela sunga amarela onde o nosso amor começou, mas Bernardo Antônio nunca repete uma sunga e só usa amarelo quando passa as férias no Rio.

Ontem encontrei Silvinha na academia. Ela está grávida de uma menina e já escolheu o nome: Bernarda Antônia. Bernardo Antônio ficou felicíssimo, vai ser até padrinho. Às vezes eu acho que tem alguma coisa errada nesta história.

12

Me olho no espelho e enxergo o Myke Tyson. Chega de musculação, vou trabalhar de qualquer jeito, nem que seja no jornal que faz a crônica social da cidade.

Repórter do *Brasília's Night*. Nunca fui a tantas festas na minha vida. Já conheci todas as alzirinhas, as necas e as mariinhas do planalto central. Perdi a conta dos carlinhos, albertinhos e dudus que me ofereceram dinheiro por uma entrevista ou uma foto na capa. Sempre finíssima, recuso e peço a eles que falem com o meu editor.

Imprensa dourada sim, mas incorruptível.

À noite Bernardo Antônio sempre me encontra de saída. No começo ele reclamava, agora acho que não se incomoda mais. Da porta ainda vejo a Gisenete servir o jantar como se fosse a mulher dele.

Mas hoje não estou aguentando cobrir o emocionante aniversário de Fabinha do Amaral Coelho. Prometo uma ajuda de custo para o meu não tão incorruptível colega do outro jornal, que fica de me passar a matéria amanhã. Bernardo Antônio, por favor, me espere acordado.

Ele está deitado sem roupa, lendo a biografia não autorizada da Escrava Anastácia. O livro deve estar mesmo bom, porque Bernardo Antônio nem nota os meus abraços sem roupa também. Olhe para mim, me ouça, fale comigo. Bernardo Antônio pede para eu ficar quieta, por favor. Se eu conseguisse chorar na cama, já teria programa para esta noite.

Na manhã seguinte vou até o jornal e me demito. Passo no supermercado e expulso a negrinha do fogão. Sinto muito, mas agora a cozinha é minha. O jantar é meu.

O homem é meu.

E a louça continua sendo da Gisenete.

13

Ou estou ficando paranoica, ou Bernardo Antônio não ficou nem um pouco entusiasmado com a minha volta ao lar. O meu jantar já vi que não entusiasmou, Bernardo Antônio acha melhor a Gisenete reassumir o posto.

Quase preciso implorar para ele largar a Escrava Anastácia e deitar comigo. No escuro, quando eu gosto de não ver como ele fica muito mais escuro, a voz de Bernardo Antônio ainda parece um carinho quando diz que talvez a minha mudança para Brasília e para a vida dele tenha sido precipitada.

Estou levando um fora sem saber por quê. Se foi por que não fiquei cuidando dele, como uma mucama. Ou por que Bernardo Antônio não chegou a gostar de mim, mesmo que tenha dito eu te amo em senegalês. Decido ir embora.

– Cêquesssssssabe.

Levanto da cama e arrumo minhas coisas. Na verdade, a maior parte das roupas nem saiu das malas. Os vestidos de festa que usei aqui são meu legado para Gisenete.

Para ela lavar os pratos bem bonita nas próximas recepções que Bernardo Antônio vai dar.

14

Ele faz questão de me levar ao aeroporto. Refinado como é, pede mil desculpas e lamenta tudo não ter sido diferente. Não precisa esperar o voo comigo, Bernardo Antônio. Despedidas não são o meu esporte favorito, mesmo em casos de engano.

– Adeussssssssssss.

Compro o *Brasília's Night* e abro na cara do homem do lado. Lá está uma matéria minha, a última, sobre o *début* de Ledinha Cardoso Pires.

A aniversariante trocou quatro vezes de roupa durante a festa. Na hora da valsa, usando um Versace champanhe todo bordado com pérolas no mesmo tom, foi conduzida pelo pai, o Brigadeiro Romildo, até o centro do salão, onde cadetes com insígnias douradas formaram um corredor para Ledinha passar. A mãe dela, Lurdinha, elegante em um Valentino vermelho com gola de raposa, chorou de emoção. É maravilhoso poder realizar o sonho da nossa princesinha, declarou para a reportagem.

15

Ademã que eu vou em frente.

16

Fim.

(Quase) um revival

Na tentativa de engolir o fiasco do envio do nude, me dou de presente quatro dias no Rio de Janeiro. Um spa para recuperar a alegria, por assim dizer. Na volta retomo a busca por alguma forma de ganhar dinheiro, de preferência no jornalismo – se é que a minha foto com o Lulu da Pomerânia não acabou de vez com as minhas chances na área.

Vou à praia de chapéu e buscando as sombras para não piorar o efeito de anos e anos de abuso nas areias. Eu era daquele tipo que só ia embora depois de aplaudir o pôr do sol. Sábio Pedro Bial mandando usar protetor naquele vídeo meloso que um dia fez todo mundo chorar. Choro eu agora pelos estragos do sol na minha cara.

Já que estou no Rio, minha ideia é procurar um dos personagens inesquecíveis da minha história, Bernardo Antônio de Carvalho Monteiro Souza Oliveira da Silva. Há dez anos, um jovem procurador da república que encontrei em Copacabana. Cheguei a morar com ele em Brasília por alguns meses, mas não me adaptei ao estilo da chamada corte – ainda bem, ou poderia estar presa, a esta altura. Tudo o que sei de Bernardo Antônio é o endereço dos pais dele, uma mansão na rua Toneleros. Se é que não está passando uma temporada em Viena, B.A. deve estar instalado em sua suíte com vista para mar e morro. Disposta a reencontrar o passado, visto minha melhor roupa, faço uma escova no salão ao lado do hostel e chamo um Uber Black.

É caro, mas não vou me mixar nessa hora.

( )

A mansão da família Carvalho Monteiro Souza Oliveira da Silva está diferente das minhas recordações. É uma casa grande, mas bem menos imponente do que eu lembrava. Dormi aqui com Bernardo Antônio uma única vez. De manhã, com o biquíni úmido e as celulites expostas, fui apresentada à mãe dele, ex-playmate e socialite. Dependendo da maneira como ela me receber, mostro meus nudes no celular.

Toco a campainha muitas vezes até que um adolescente vem atender a porta. Deve haver algum engano. Para começar, a família Carvalho Monteiro Souza Oliveira da Silva é negra, e o jovem é cor de vampiro. Depois, quem deveria atender a porta é o mordomo de Bernardo Antônio, jamais alguém da família. Dez anos são suficientes para terminar com os hábitos de várias gerações?

– O tio Bê ainda não chegou.

Tio. Cheguei a temer que o trainee de Drácula fosse filho de Bernardo Antônio. O mínimo que eu espero dos genes dele é que puxem a pele da prole para um marrom bombom. Pergunto se a avó do rapaz está.

– A vovó agora mora em Botafogo.

– Não pode ser! Onde ela encontraria um lugar melhor que este?

– No São João Batista.

E é assim, sem qualquer delicadeza, que sou informada da morte de Su, minha bela ex-sogra, que agora repousa no cemitério da zona sul da cidade.

– Posso esperar seu tio aí dentro? Não sou do Rio, vim só para falar com ele.

É com evidente má vontade que o sobrinho de Bernardo Antônio abre o portão. Na primeira das muitas salas da mansão, ele manda que eu sente na única poltrona do ambiente e some antes que eu pergunte a senha do wi-fi.

Algo mudou no padrão da abonada família que conheci. Esta sala, por exemplo, hoje é praticamente pelada. Se não me engano, há uma década tinha até um Iberê na parede. É isso mesmo, ainda dá para ver os vestígios. Venderam o quadro e nem retocaram as marcas.

Me distraio pensando na noite que passei naquela casa com Bernardo Antônio quando um homem entra afobado no aposento.

– Qual é o assunto?

É ele mesmo? Há dez anos parecia mais longilíneo e musculoso. Hoje a minha dúvida é se não estou diante de Joaquim Barbosa. Mesmo depois de tanto tempo, o sotaque carioca dele continua no meu ouvido. Melhor confirmar fazendo uma pergunta que exija muitos chiados e erres na resposta.

– Bernardo Antônio? Você está nervoso?

– Porrrrrrr que esssssstaria? Houve maissssssss alguma denúncia?

– Denúncia? Você não lembra de mim?

– Óbvio, nossssss conhecemossssss onde messsssssmo?

Bernardo Antônio me esqueceu. Pobre autoestima permanentemente golpeada, a minha.

– Desculpe, eu não devia ter vindo.

– Não vá, apenasssssss me diga seu sobrenome.

– É muita humilhação ter que apresentar o meu RG para despertar suas memórias. Com licença.

Saio quase correndo da mansão – atualmente, mais decadente do que elegante. Do portão trancado, não passo. Tal qual uma prisioneira, fico balançando as grades e gritando para que me deixem ir. É o próprio Bernardo Antônio quem vem da casa com um molho de chaves na mão. E o mordomo, que fim terá levado?

– Aceite minhasssssss desssssssculpas pelo pequeno lapso. Tive um esssssgotamento nerrrrrvoso, ainda não me recuperei e...

– Doença é uma coisa, grosseria é outra. Como você pode esquecer quem morou com você em Brasília por seis meses? Eu mudei tanto assim? Você dizia obscenidades em senegalês no meu ouvido! Em quantas mais você passou esse papinho? Aposto que nem era senegalês coisa nenhuma.

– Porrrrrrr que você não falou antessssss? Agora me veio tudo. Nósssss moramos juntos no meu aparrrrrrtamento funcional. Se não me engano você era... orrrrrrtopedista?

– Jornalista.

– Exato. E catarinense, cerrrrrrto?

– Gaúcha.

– Errei por pouco.

– Qual é meu nome, Bernardo Antônio?

– Eu só preciso de uma pequena pisssssssta para relembrarrrrrrr.

– É a combinação dos dois nomes mais comuns das brasileiras.

– Evidente. Andressa Suellen, há quanto tempo.

( )

Aceito encontrá-lo no dia seguinte, azar se não sabe o meu nome. Irei de crachá. Agora é o instinto de jornalista que me move. Quero saber o que aconteceu para a derrocada de Bernardo Antônio.

No quarto com seis camas do meu hostel, uma única mulher, com aparentes trinta anos, ouve música com fones de ouvido gigantes. Ela me cumprimenta, eu retribuo e dedico toda a atenção à arrumação da minha cama. Não quero conversar com uma gringa desconhecida.

Falta vontade para sugerir os 101 lugares no Rio que ela deve visitar antes de morrer. Quando não há mais lençol para esticar, me afundo no livro que comprei em uma das lindas livrarias cariocas. A Mulher Desiludida, de Simone de Beauvoir. Poderia ser a minha biografia.

– Quer que acenda a luz?

Não vi escurecer. A gringa, que na verdade é mineira, achou um jeito de puxar assunto. Elisa é professora de yoga, mora em Juiz de Fora e largou tudo por alguns meses para viajar pelo país. Seu próximo destino é a Amazônia, onde estive em algum momento do século passado para um engano de quatro dias com um professor cujo nome completo esqueci. As coisas que a gente faz na vida.

Acabo na Lapa – e sambando – com ela. Voltamos com o dia já amanhecendo e quase preciso chamar uma maca para subir as escadas. Tudo o que quero é dormir até dez minutos antes de encontrar Bernardo Antônio, mas nem é meio-dia quando Elisa me acorda. Hora de ir à praia.

Incrível como o corpo feminino é bonito. Por pudor, acho eu, nunca olhei para minhas amigas do jeito como agora vejo Elisa. Tudo nela se equilibra e se compensa de um jeito que chega a ser comovente. Elisa não tem trinta anos, tem quarenta. Vou fazer minha matrícula na yoga amanhã mesmo. Aproveito para me queixar das minhas rugas e gorduras. Ela tenta me convencer, com argumentos de especialista, que cada corpo é um caso e que o meu é perfeito dentro das minhas características-vivências-condições-cuidados -etc-etc-etc. Não concordo com nada, mas termino por me sentir à vontade. Há décadas minhas celulites não se divertiam tanto. Não fosse o encontro com Bernardo Antônio, só sairia da praia depois de aplaudir o sol.

Ele marcou comigo em um quiosque de Copacabana. Aproveito um estande da TV Globo no caminho para deixar meu currículo.

+10

Bernardo Antônio chega alguns minutos depois de mim, de óculos escuros e um agasalho todo fechado do Paris Saint-Germain. Há dez anos viria de sunga amarela. Fica me procurando como se não lembrasse o que veio fazer. Faço um gesto com a mão e, antes que ele perceba que o chamo, dois garçons vêm me atender. Bernardo Antônio enfim senta e me olha de um jeito vazio. O que terá acontecido com esse homem?

– Você garante que não veio em bussssssca de provassssss?

– Provas de quê, Bernardo Antônio? Você está envolvido em algum escândalo?

Bernardo Antônio então começa a falar sobre perseguição, presunção de culpa, testemunhos falsos, delação premiada. Fala por duas horas seguidas, durante as quais tomo cinco caipiroskas de morango e me perco no relato em voz monocórdica que ele faz. Não é uma conversa, é um depoimento. O que consigo apreender: foi acusado de favorecer réus, investigado e condenado.

– Hoje em dia, até prova em contrário, todossssss são culpadossssss no Brasil.

O pai de B.A., que trabalhava na Nasa, havia desaparecido alguns anos antes. Diz ele que o velho foi sequestrado pelos russos, mas não posso acreditar nessa versão. No mínimo o velho conheceu uma estagiária e hoje mora feliz em algum lugar da Flórida. A mãe de Bernardo Antônio não engoliu a história do sequestro. Foi algumas vezes aos Estados Unidos em busca do marido até que decidiu se declarar viúva – estado que a burocracia brasileira não aceitou. Dona Su morreu acionando o INSS e amargurada pela situação do filho.

– E um rapaz que vi na sua mansão?

Ex-mansão, corrige Bernardo Antônio. Foi vendida para a construção de um condomínio. O garoto é filho dele com uma empresária que fugiu do país ao ser delatada por um político, mas o chama de tio para não sofrer o assédio da imprensa. Um filho sem melanina na pele é mais uma decepção que B.A. me causa. O que me salva da depressão é ver a tornozeleira eletrônica que, de repente, escapa sob a calça dele. Depressão, eu, que nunca me envolvi em tramoia alguma? Melhor chamar de alívio. Ainda bem que minha quase história de amor com Bernardo Antônio não passou de um mandato tampão, uma breve passagem entre um e outro enganos meus.

A caminho do hostel, passo outra vez pelo quiosque da TV Globo e dou uma insistida.

– Não esqueçam de ler meu currículo. É completo em todos os quesitos. E tenho disponibilidade para mudar imediatamente para o Rio.

Entro em um dos restaurantes da Avenida Atlântica. Na minha frente, o mar e dois dias livres. Peço mais uma caipiroska e o cardápio. Se for para pagar três vezes mais pelo que um risoto de camarão vale, que seja com a pessoa certa.

Convido Elisa para jantar. Ela aceita.

(Quase) fantasia

Estou no café quando um homem beija o amigo. E eu que sempre achei lindo homens que se beijam. Só por isso acabo olhando duas vezes. Três. Na verdade, eu não paro mais de olhar.

A dona do café conta que o nome dele é Nelson. Parece que trabalha em uma agência de propaganda. Com pena de uma pobre apaixonada e principalmente dos seus pobres ouvidos, a mulher jura que vai conseguir mais informações para mim.

Estou gastando meu bilhão de neurônios a mais, que os outros três as drogas já levaram, elaborando uma estratégia de aproximação. A dona do café liga para dar o telefone da agência do Nelson. Ela descobriu também que ele sai sempre com três mulheres e se diz solteiro convicto. No meu tempo, o nome disso era galinha convicto.

Não posso esquecer de mandar flores para a dona do café. O único problema é que não sei o nome dela, vou ter que endereçar: para a dona do café. E como são duas donas, vou ter que descrever: para a dona do café baixinha e gordinha com dentadura de tubarão e cabelo quase raspado. Duvido o entregador se enganar.

A telefonista da agência me passa o e-mail do Nelson. Santa internet, esperança dos solitários, dos tímidos e desvalidos. Vou para o computador escrever e assim começa esta história.

2

Oi, Nelson.

Aposto que você não está entendendo nada: de repente, este e-mail no seu computador. Mas fique tranquilo, não é um novo tipo de vírus. É só alguém que viu você no café hoje convidando para um café amanhã, na mesma hora. Você vai ou sua mãe sempre lhe disse para não aceitar convites de estranhos?

Assinado Carrie, a estranha.

3

A dona do café me vê tão arrumada às duas da tarde que já vai providenciando uma mesa discreta.

Duas e quatro, Nelson chega. A cafetina da proprietária faz um sinal com a cabeça me apontando para ele. Pena que aqui não tem terremoto para o chão me engolir. Nelson pede licença para sentar. Só agora posso ver os detalhes. Ele tem cabelos loiros, olhos loiros e boca loira. É todo da mesma cor.

– Nem acredito que estou aqui com uma bunda que já olhei tanto.

Quem não acredita sou eu. Primeiro pelo palavreado elegante do rapaz. Segundo porque ele diz que há muito tempo fica de olho em mim quando eu passo. Bem, talvez não exatamente em mim como um todo.

Falo algumas bobagens e logo somos íntimos. Agora sei que ele sai mesmo com três mulheres, uma paraquedista, uma recepcionista e uma modista. Nelson já vai avisando que está fechado para namoro, noivado e casamento. Não posso deixar de pensar: isso porque você ainda não me conhecia.

4

Hoje Nelson não pode sair, nem amanhã, nem depois. Eu já fiz muito pelo nosso amor, ele que venha atrás de mim agora.

Passam três semanas e ele não vem. Começo remotamente a considerar que talvez eu não seja tão irresistível. Aliás, a história não cansa de me mostrar isso.

Não tenho o Nelson, mas tenho uma matéria sobre o encontro de clubes de mães para fazer. E tenho o Humberto, meu colega gordo e cheio de caspa, completamente apaixonado por mim. Alguém me avisa que um homem quer falar comigo na recepção.

Vou sabendo que deve ser um cobrador ou alguém da Entorpecentes.

É meu tio Bilu precisando de desconto na participação de falecimento da tia Ziza. Resolvo o problema de marketing funerário e convido a amiga Sarah para ir a um show no Calabouço Sujo. Não tem mais lugar, mas piscando e mandando beijinhos para um segurança, conseguimos duas cadeiras junto ao palco. O cantor olha tanto para a minha amiga que eu fico as próximas duas horas no banheiro para não atrapalhar. Na volta, um cidadão bem penteado surge repentinamente querendo me pagar um drink.

– Obrigada, eu trouxe meu próprio dinheiro.

A essa altura minha amiga Sarah e o cantor já formaram uma dupla e eu que não vou ficar segurando o canhão de luz para eles. E é assim que mais uma noite se vai sem acrescentar nada a minha biografia.

5

Estou andando e ouço um psssssiu. Se tem coisa que eu nunca vou fazer é olhar para um psssssiu. Continuo o meu caminho e a coisa se repete.

Analiso a situação. Neste momento, nesta calçada, passamos eu e um baixinho de bermudas. A não ser que alguém tenha se seduzido por aquelas pernas curtas e peludas, o psssssiu deve ser mesmo comigo. Desta vez foi mais perto. Só falta ser um maníaco, mas atualmente até os maníacos estão escassos. Em todo o caso trato de andar mais rápido. O baixinho provavelmente não vai mexer uma perna cabeluda se o psicopata me atacar.

Quase tenho uma síncope quando uma mão segura meu ombro com força. Me viro e é ele, Nelson. Quase tenho outra síncope.

– Achei que você ia escrever.

– Sinto muito, tenho tanta correspondência para botar em dia que só contratando um assessor.

Ele me acompanha até a porta do jornal e pergunta se eu quero jantar. Vingança, enfim chegou tua hora. Agora seja homem e dê a resposta que o canalha merece ouvir.

– Quero.

6

Restaurante japonês, saquê gelado, luz indireta. Preciso confessar que está sendo bom para mim. Vou me atracar com alguma coisa mole coberta de ovas por todos os lados quando escuto aquilo.

– Você topa transar com mais de uma pessoa ao mesmo tempo?

Nos minutos em que as ovas ficam indo e vindo pela minha garganta, penso longamente na resposta.

Se digo que não, passo por desatualizada. Se digo que sim, periga Nelson me arrastar para algum antro. Nenhuma seção de cartas de revista feminina me ensinou a sair dessa situação. Uso a tática de fazer mistério e ele cai. Achando que eu sou iniciada, Nelson conta coisas que arrepiariam um robalo. Todas as segundas e quintas. Numa casa em um bairro classe média. Mulheres casadas, pais de família, amigos de infância, só gente fina. Se eu quiser ele me introduz e não é trocadilho.

Vou conhecer o apartamento de Nelson sabendo como tudo vai terminar. Ele resolve tomar um banho, eu abro todos os armários atrás de uma turma escondida para só aparecer quando for tarde demais para mim. Abro também o criado-mudo, caso Nelson seja desses que guardam um anão em casa. Não encontro cordas, chicotes, nem vibradores com ventosas. Em todo o caso, desapareço com uma vela grossa e comprida que lembra um ônibus espacial. Um segundo depois, o cheiro de sabonete dele entra no quarto.

Quase de manhã, quando chego em casa, mudei minha opinião. Os maníacos não estão assim tão escassos.

7

Esta semana não verei Nelson, ocupado demais com uma ascensorista, uma artista e uma balconista. Azar dele. Hoje tem a grande inauguração de uma casa de espetáculos, só convidados vip na jogada. Tomara que a ascensorista leve Nelson para a confraternização anual da categoria, assim ele se diverte um pouco também.

Vou usar um macacão de lurex tão apertado que preciso me deitar para vestir. Deixo o cabelo solto, passo batom e saio. Volto dali a duas quadras e doo o macacão para uma drag queen minha vizinha. Desesperada sim, pero sin perder la ternura jamás.

Um cara que conheço de vista assentou acampamento do meu lado. Muito querido, muito divertido e muito casado para o meu gosto. Um outro deve estar me achando com jeito de poste, não para de andar ao meu redor. Passa, coisa feia. Tinha ainda um terceiro bonitinho, mas uma loira-claríssima 43 l'Oréal acaba de ter um ataque epiléptico para ser socorrida por ele.

Já bebida, alimentada e dançada, de repente vejo Nelson chegar. Imagine se a festa não fosse só para vips. Ele está com uma garota que, pela idade, deve ser normalista. Corro para um retoque antes que Nelson me enxergue. Tento dar um jeito no cabelo todo suado quando a normalista entra no banheiro. Ela se fecha em um daqueles compartimentos e eu não resisto. Tranco a porta por fora, escondo a chave na bolsa, volto para a pista e agarro o primeiro que passa só para o Nelson ver. Na pressa pego o garçom, que faz o que pode para me retribuir com bandeja e tudo. Resumindo: Dagoberto, o garçom que também é modelo e ator, não para mais de me beijar, e a normalista passa desmaiada em cima de uma maca, ou seria da porta arrombada? Agora o garçom beija meus olhos, mas ainda posso vislumbrar Nelson entrando junto com a garota na ambulância que sai gritando pela noite.

8

Sozinha na cama, tentando dormir. Ouço a vida dos meus vizinhos como se fosse uma radionovela. O casal do lado se chamando de Pitico e Popota, inclusive agora, que está brigando. Ela acusa Pitico de não ajudar em nada, de não cuidar do filho, de não trazer dinheiro. No começo Pitico deve estar fumando, Popota fala e o bebê chora. No instante seguinte é ele quem fala, enquanto Popota chora e o bebê fuma. Os filhos do vizinho de cima, sozinhos em casa, se matam como todas as noites. Uma mulher que nunca me cumprimenta telefona para um homem que não é o marido dela. O bebê de Pitico e Popota deve ter dormido, e nesse momento eles estão se beijando. Em outro apartamento, alguém escova os dentes.

Do 403 vem o som de gelo no copo. A mulher falando ao telefone implora para o amante passar a noite com ela. Aos poucos tudo vai virando silêncio, o CD da moça do 601 termina e só a mulher que não me cumprimenta continua falando, gemendo seu amor para quem quiser ouvir, o homem do outro lado da linha, eu que escuto aqui no escuro, o porteiro que acaba de chegar. Sinto que agora vou dormir, os olhos começam a fechar, a alma já está abandonando o corpo. O bebê de Pitico e Popota acorda chorando.

9

O editor acaba de comunicar que ganhei um aumento. Finalmente alguém que não é a minha mãe reconhece que eu sou boa.

Estimulada pelo dinheiro, passo horas escrevendo uma matéria sobre o despejo de cem famílias. A defesa dos fracos e oprimidos é o meu forte, nesse ritmo ainda acabo me tornando uma justiceira. Maria Ana dos Pobres, a santa das favelas, cultuada nos morros, respeitada nas vilas, casada com um bandidão bem gostoso, o mais procurado pela polícia, ladrão de bancos que distribui o roubo todo entre os miseráveis. Maria Ana dos Aflitos, principalmente de mim mesma. Isso sim é vida e não essa coisa limpinha que eu levo.

Estou em pleno delirium tremens da fama. Um colega precisa me sacudir para eu atender o telefone.

– Nelson, quanto tempo.

Se não é o rei das coristas, das cambistas e das autistas convidando para o seu aniversário. Uma festa à fantasia hoje, segunda. A turma toda vai e quer me conhecer.

Nove da noite, saio vestida de noiva-erótica para comemorar com outros fantasiados o meu aumento e o aniversário de Nelson.

10

São umas vinte pessoas, as mulheres mais feias já totalmente enturmadas. Mulher feia sempre se sente à vontade antes dos outros. Entre um diabo míope que só tem olhos para mim e um Ronaldinho que fala cuspindo, prefiro apreciar a vista no terraço.

Nelson está fantasiado de tomate, inclusive com ramos verdes presos na cabeça.

Ele me segue com os passos curtinhos de um tomate de verdade.

– Meus amigos gostaram de você.

– Já notei.

– Estão chamando você na masmorra.

– Hoje não, Nelson. Estou com dor de cabeça.

Chegaram mais convidados. Um vampiro está abraçando uma freira e um almirante. Tem uma melindrosa mordendo o pescoço de uma viúva. Passaram a mão na minha bunda, acho que foi o batman encostado na porta. Aquele fantasiado de garçom até que é interessante. Opa, é um garçom mesmo. É o Dagoberto.

– Pago duas vezes a sua diária se você largar essa bandeja e sair comigo agora.

A bandeja precisa ir junto, ou o dono do buffet mata o Dagoberto. No carro, ele quer tirar o smoking e a gravata borboleta, mas eu não deixo. Quem já não teve na vida a fantasia de levar para casa um empregado do setor terciário?

11

Nunca mais consegui olhar para o Nelson sem enxergar um tomate.

12

Fim.

(Quase) um erro

B oas novas para mim. Acabo de ser chamada na tal emissora evangélica para quem mandei minha foto nua por engano. Três hipóteses me ocorrem.

( ) A. Querem me contratar.

( ) B. Querem me converter.

( ) C. Querem me exorcizar.

Na esperança de que escolham a alternativa A, me visto discretamente e vou para o morro onde ficam os estúdios. Se minhas preces forem ouvidas, este é o caminho que farei todos os dias a partir de agora. Não posso esquecer de deixar o máximo de moedas que conseguir arrecadar no console do carro, são muitos os profissionais de sinal vermelho pedindo um troco no caminho. Hoje eu não tinha e um deles me puniu lavando o vidro dianteiro. Vai levar meses para sair a gordura.

Estranhamente, o diretor da emissora não me dá um chá de banco. Uma das leis mais conhecidas do mercado é: se você estiver em busca de um emprego, o que caracteriza a sua situação de vulnerabilidade, esperará muito na antessala de alguém, um diretor, um assistente ou um bosta qualquer, para que se sinta mais inferiorizado do que já está se achando. Depois basta fechar por um salário menor do que você precisaria para viver. Quantas vezes já não passei por isso?

O gerente da TV Júbilo me convida a entrar em sua sala cheia de livros com encadernação em vermelho e dourado. Aposto que são Bíblias. Sento e ele se distrai olhando do computador para mim, de mim para o computador. Só falta estar comparando a foto que enviei com a minha figura ao vivo.

Tomo a iniciativa.

– Primeiramente, eu gostaria de agradecer a oportunidade depois daquele lamentável equívoco.

– Quanto mais alguém precisa de ajuda, mais será acolhido entre nós.

A ajuda que eu preciso se resume a uma carteira do trabalho assinada, mas deixo Ramon – é o nome dele – pensar que sou uma alma em busca de redenção.

– Trouxe alguns trabalhos mais recentes, inclusive a biografia do nosso grande amigo em comum Ademar Russo, e os originais de um livro sobre a história da bocha que será lançado em breve.

– Conhece uma ex-pecadora chamada Alessa?

Conheço, acho que é uma Miss Bundão ou algo assim que agora tem um programa de histórias edificantes em um canal concorrente.

– O que nós queremos é fazer de você a nossa Alessa. Alguém que foi ao fundo do poço e conseguiu voltar.

Não acho que eu seja essa pessoa, com o que Ramon discorda. Ele me explica enfaticamente o passo a passo da minha conversão, esclarecendo de vez que a alternativa escolhida pela TV Júbilo foi a B. Em primeiro lugar, terei algumas aulas com o pastor Samuel para entender as mensagens da Bíblia, que, ao que tudo indica, até então eu desprezei. Em seguida, uma personal stylist vai tornar meu visual mais próximo dos conceitos evangélicos. Por último, terei um programa de entrevistas todas as noites, em horário nobre, onde falarei com ex-prostitutas, ex-drogados, ex-BBBs, ex-políticos e grande elenco. Tudo isso por um bom salário, ainda por cima.

Fico de dar uma resposta nos próximos dias já sabendo que vou aceitar. Até lá, Ramon terá que conviver com a dúvida sobre quem vencerá, o Deus que mora nele ou o demônio estropiado que habita em mim.

( )

– A conversão é um processo, não vem de uma decisão automática. Quem se converte o faz pela vontade de seguir o Salvador, independente dos erros que já cometeu. Para isso é fundamental o arrependimento e, em seguida, o batizado, para que cada um receba o Espírito Santo.

Minha aula de conversão começou há quatro horas e ainda estamos no prólogo. Fico sabendo que terei que me batizar. E os padrinhos? Vai ser na igreja mesmo ou em um rio? Comigo são mais sete pecadores na sala, um deles bem interessante. É João, viciado em sexo querendo se purificar. Uma pena que estejamos os dois em busca de perdão nesse momento das nossas vidas.

– Como a conversão é um processo sutil, você pode já estar convertido e nem saber. Um caso clássico é o dos Lamanitas.

Quem diabos são os Lamanitas? Melhor não pensar no nome do tinhoso aqui. Vai que me nasçam guampas e cascos e um rabo pontudo. Só quero que a aula de conversão termine logo. A tortura é tão grande que, se me mandarem assinar qualquer coisa, eu assino. PMDB no poder por mais dez anos. Assino, só me deixem ir embora. O viciado em sexo parece mais interessado na palestra do que eu. Já fez duas perguntas e anota tudo o que o pastor Samuel diz. Vontade de pedir cola só para desvirtuar o rapaz.

O pastor chama João para o quadro negro. Fico sabendo que ele é desenhista de quadrinhos e que vai fazer uma versão da Bíblia em forma de charges. Para isso está estudando os livros sagrados várias horas por dia. O pastor pede uma pequena amostra do conhecimento dele, uma charge que ilustre o dízimo – reconhecimento de que tudo o que temos vem de Deus. Se não entregamos nosso dinheiro a Ele com alegria, estamos roubando do Senhor. João desenha Deus presidindo a Lava Jato e mandando todos os que não repassam o dízimo para a cadeia. Bem no canto do desenho, faz dois presos com os nossos rostos. E pisca para mim.

Depois de oito horas ininterruptas de conversão, abraço a fé e contribuo com a caixinha do pastor. O próximo passo é repaginar meu estilo com as sugestões de moda da consultora que veste todas as cantoras evangélicas de sucesso – o que não garante a minha elegância. Pego o carro para ir embora e passo por João, o viciado em sexo, sozinho na parada de ônibus.

Eu não deveria oferecer carona a ele. Mas ofereço. João recusa com a desculpa de que vai aproveitar a espera pelo ônibus para pensar nos ensinamentos do pastor.

– Sem problemas, você me vê pela TV a partir de segunda-feira. Fique com Deus.

Antes que a janela feche completamente, ele muda de ideia e pede que o leve até algum ponto mais movimentado. Assim que entra no carro, sinto um perfume que não é Armani, não é Versace, não é Avon. É muito melhor do que tudo o que já cheirei. Só podem ser os feromônios de João.

Deixo a ovelha sã e salva no metrô, ela que mora na região metropolitana. Antes de descer, me convida a dividir o combustível para o nosso batizado na praia, no próximo domingo. Quer dizer, então, que o batismo não é na pia da igreja? Tenho que caprichar na ginástica para não parecer muito flácida no biquíni da cerimônia. Ou a ocasião comporta mais um maiô?

– Acho ótimo. Só não posso ir de roupa de banho porque estou meio gordinha. Não quero que você veja as minhas celulites.

– Homem que é homem não vê duende, nem estria e nem celulite. Fique com Deus.

Fico nas nuvens.

( )

Jura Roberts (acho que é um trocadilho com o nome da Linda Mulher), a personal stylist da TV Júbilo, proíbe cores fortes, preto em demasia e estampas graúdas. Decotes profundos, modelos muito justos e tudo o que for curto demais cai no índex. Já os tons pastel, as padronagens delicadas e os saltos estão liberados, com a graça do Senhor. Devo me vestir com o discernimento de quem vai à igreja – um lugar onde ninguém mostra o corpo, diz. Jura está desatualizada sobre a atual tendência de moda para casamentos, os peitos das noivas chegando bem antes que elas ao altar.

Para o meu batismo, a consultora sugere um caftan. Nem sunquíni ela admite. Meu medo é que a roupa pese e me puxe para o fundo do mar, mas Jura me jura que a função dos asseclas do pastor é segurar os batizandos. Só me resta crer.

Combino de buscar João e seus pais às seis da manhã de domingo. Precisamos estar dentro da água às oito. Penso em convidar minha amiga Valentina, mas e se ela for confundida com uma fiel possuída, com suas tatuagens e roupas sensuais? Melhor ir sozinha.

Para minha surpresa, os pais de João não estão com ele na esquina em que combinei de apanhá-los.

– A mãe estava indisposta, o pai achou melhor ficar com ela. Você se importa?

– Imagine. Pena que eles vão perder uma cerimônia tão bonita.

– Pois é.

Antes do primeiro pedágio, João e eu já estamos íntimos – até demais para dois recém-convertidos. Fazemos um concurso para ver quem sabe mais palavrões, depois cada um conta seus casos amorosos mais bizarros. Quando passamos pelo segundo pedágio, a mão dele pega a minha.

– Maria Ana, você tem alguma dúvida na sua fé?

– Só uma. Quem eram os Lamanitas?

– Os descendentes de Lamã, que rejeitavam o Evangelho por causa de umas paradas estranhas com os Nefitas, que eram de outra turma. Mas ao aceitarem a palavra do Senhor, eles ficaram mais crentes que todos os povos.

Entro com o carro em um refúgio da estrada.

– João, acho que eu não sirvo para Lamanita.

– Nem eu, Maria Ana.

O pastor Samuel e seus asseclas devem ter ficado na praia segurando uns aos outros, porque João e eu começamos ali mesmo um amasso pagão que só terminou no dia seguinte.

( )

Ramon, da TV Júbilo, está furioso comigo. Não pode dizer para os patrocinadores que a apresentadora do programa cedeu à tentação e ainda arrastou outra ovelha com ela. E agora?

Multa não tenho como pagar. Me ofereço para ficar na redação do programa, até prefiro os bastidores. Não há de faltar alguém para converter nessa putaria em que vivemos. Ele não gostaria de conhecer minha amiga Valentina?

Enquanto o board evangélico decide como resolver o impasse, João e eu viramos as noites juntos. Tenho andado cada vez mais coberta, gola rulê e mangas longas em pleno verão. Pareço uma evangélica da gema e isso porque João tem um beijo mordido que, aplicado nas costas e demais partes do corpo, vira hematoma em um segundo. Se eu sair assim na rua, ele será enquadrado na lei Maria da Penha.

Não nos esqueçamos de que João era um viciado em sexo em tratamento – interrompido por mim. Logo ele começa a marcar e a não aparecer. Justifica atrasos com as histórias mais inverossímeis. Furou um pneu do metrô. A mãe e o pai sofreram um acidente de esqui. É devoto de São Longuinho e perdeu a hora participando de um culto em honra d'Ele.

João ainda troca o meu nome nos nossos momentos de intimidade. Já me chamou de Katia, Denise, Heloísa, Martha, Nora, Michelle, Ângela, Mariana, Lucia, Amélia, Iara, Clara, Carla, Carol, Antônia, Sofia, Ana, Paula, Vera, Bibiana, Isadora, Natália, Paula, Marianne, Patrícia, Léa, Luiza, Sarita, Luciana, Luana, Gabriela, Alice, Fernanda, Fátima, Etiene, Barbara, Dayse, Camille, Vitória, Joana, Milene, Bela, Camila, Diana, Cíntia, Vera, Janine, Julia, Laura, Fátima, Úrsula, Edna, Laís, Taís, Marina, Márcia, Nina, Andréa, Isabel, Rosaura, Larice, Juci, Salete, Maderlei, Mônica e mais todos os verbetes do Dicionário de Nomes Femininos. Para ser sincera, não me importo. Ele ser viciado em sexo foi uma das coisas que me atraiu.

É então que João some. Não atende meus telefonemas, não responde mensagens. Com o álibi da preocupação, decido procurá-lo na casa de seus pais. Sou praticamente a namorada dele, porra. Nós nos desencaminhamos juntos.

Ele mesmo abre a porta. Perde a pose quando me vê.

– Você desapareceu.

– Muito trabalho.

– Posso entrar?

– Melhor não, a casa está desarrumada.

Nisso, um bebê engatinhando surge entre as pernas dele. Espio pela fresta da porta e vejo mais crianças na sala, uma escadinha, um, dois, três anos? Meu Deus, são muitas. Pergunto – mas já adivinhando a resposta.

– Seus irmãozinhos?

– Meus filhos.

– Todos?

– Tem mais dois que moram com as mães.

João não é apenas viciado em sexo, é viciado em reprodução humana. Pede licença para atender um dos menores, que chora desesperadamente, e volta para falar comigo.

– Eu não estou pronto para um relacionamento, Maria Ana.

– E quem disse que eu queria um relacionamento? A gente estava curtindo. Só isso.

– Mas eu me sentia preso.

– Preso você vai ficar pelos próximos anos, cuidando dessa turma toda aí.

– Eu não posso continuar assim. Com licença.

João entra rápido para apartar uma briga entre as crianças maiores. Volta com uma menininha no colo.

– Eu vou mudar, Maria Ana. Hoje retomei as aulas de conversão. Eu percebi que, antes de encontrar uma mulher, eu preciso encontrar Deus.

– Você precisa é de uma vasectomia. Chame seu pai e sua mãe para que eu diga oi e até nunca mais.

– Os dois morreram quando eu era criança.

– Boa sorte, João. Desejo que você ache a redenção e uma boa babá também. Tem um dos seus filhos ali arrancando um escalpo do outro.

João fecha a porta e eu vou para o carro com a conhecida sensação de ter errado mais uma vez. Meu celular toca. É Ramon, da TV Júbilo.

– Decidimos dar mais uma chance para você. Venha já para a prova de figurino e cabelo. O programa estreia amanhã.

Pelo menos isso, estou empregada. Mal posso acreditar. Entre inúmeros agradecimentos, pergunto a ele por que resolveram ficar comigo.

– A produção procurou muito, mas não encontrou ninguém mais perdida que você na cidade inteira.

Primeira vez que sou contratada pela minha falta de qualificações. Palavra da salvação: glória a vós, Senhor.

(Quase) que eu acredito

Quase Natal, shopping lotado. Depois de horas procurando mesa com duzentas sacolas em uma mão e um prato de macarrão frio e gorduroso na outra, consigo lugar ao lado de uma família brigando. Um pobre coitado na mesma situação está perto da minha mesa, mal e mal equilibrando seus trezentos pacotes e uma bandeja.

Deve ser o espírito de Natal que me faz ficar com pena. Convido o infeliz para sentar comigo, mesmo achando que dividir a mesa com um desconhecido é uma das situações mais constrangedoras para o ser humano. Almoço sem olhar para o lado. Posso nunca mais ver aquele sujeito, mas detesto que ele assista ao espetáculo do meu rosto afundando no macarrão gelado.

– Não sei o que seria de mim se não fosse você.

Pronto, começou. Eu ofereci a cadeira, não a minha companhia. Respondo com um sorriso antipático e continuo a atacar o meu prato.

– Não sei como você aguenta essa comida. Teve uma avaliação aqui no shopping e este restaurante foi considerado o pior de todos.

Só falta agora ele dizer que acharam uma lagartixa no meu molho. Desisto de tudo, peço licença e, inacreditável: o inconveniente segura o meu braço.

– Desculpe, era uma brincadeira para você parar de comer e me olhar.

Ninguém consegue ser mal-humorado o tempo todo, nem eu. Fico na mesa enquanto ele almoça uma coisa de aspecto horrível e grudento, tomo café e só não peço o segundo sorvete porque meu novíssimo amigo tem hora para trabalhar.

– Mas como eu encontro você outra vez?

– Eu trabalho aqui no shopping, menina. Venha amanhã nessa mesma hora.

2

Luiz, este é o nome. O que faz na vida, quantos anos tem, quem é essa pessoa?

Se trabalha no shopping, deve ser vendedor em alguma loja (menos de surf, pelo amor de Deus), ou garçom de lancheria, ou empregado do administrativo, ou segurança, ou faxineiro. E minha mãe que previa um futuro tão luminoso para mim.

Mas também pode ser dono do shopping, por que não? Antônio Ermírio é um que não aparenta o trilionário que é.

Luiz disse amanhã, na mesma hora, e eu vim. Eu e oito milhões de populares se acotovelando atrás das ofertas do Natal. Fico parada no mesmo lugar de ontem esperando que ele apareça. Agora começo a ficar com fome, mas tenho medo de sair daqui e Luiz chegar. Será que vou lembrar da cara dele? A miopia fez de mim uma péssima fisionomista.

Já vou desistir quando vejo. Ele vem correndo e derrubando os oito milhões de chatos pelo caminho.

– Cada vez que eu tentava sair aparecia mais alguém para eu atender.

– Onde você trabalha, afinal?

– Pode me considerar uma espécie de relações públicas do shopping.

Almoçamos (mal) e hoje quem precisa ir sou eu. Tento marcar alguma coisa para a noite, mas ele já tem programa.

– Se você é casado, abra o jogo.

– Não é isso, mas até o fim de dezembro estou muito ocupado.

– Bem, a gente pode sair no sábado.

– Em dezembro eu trabalho todos os finais de semana.

– Mas o que você faz? É o Papai Noel?

– Como é que você adivinhou?

3

Minha primeira reação é dizer adeus e não olhar para trás, mas Luiz me segue gritando: você me nega por que eu sou Papai Noel? Ele vai atrás de mim e as crianças, aos milhares, atrás dele. Quanto mais ele berra que é Papai Noel, mais a multidão persegue este homem que corre como uma rena pelos corredores do shopping. Não, eu jamais poderia namorar uma celebridade como Santa Claus. A julgar pelo que está acontecendo agora, não teríamos um minuto de privacidade em nossa casa no polo norte.

Conseguimos escapar e vamos conversar no estacionamento. Luiz conta que entrou na profissão por acaso, estava desempregado e um dia substituiu um amigo numa loja. O sucesso foi tão grande que ele já saiu com contrato assinado para o ano seguinte.

A partir daí Luiz foi se aprimorando no papel. Aprendeu a empostar a voz para dar mais credibilidade ao hohoho. Passou a fazer laboratório em creches, escolas, orfanatos. Quase imberbe, só desistiu de um implante porque um cabeleireiro confeccionou uma barba de fios naturais, perfeita. Como um Robert de Niro dos miseráveis, Luiz engordou para representar melhor seu personagem, mas foi aconselhado por um cardiologista a emagrecer ou não viveria até o próximo Natal. A recompensa não demorou. Luiz começou a ser cada vez mais procurado para as festas e eventos de dezembro. Trabalhar em uma lojinha de bairro já não era o bastante para ele. Um dia o gerente do maior shopping da cidade fez uma proposta irrecusável, no mínimo incluindo um trenó do ano como luvas. O resto da história você conhece.

Luiz argumenta que é um trabalho como todos os outros. Acredito no Papai Noel, mas não posso deixar de pensar nos aspectos práticos da coisa.

Crediário, por exemplo. Se eu trabalhasse no SPC, jamais daria crédito a alguém de profissão Papai Noel, carreira que não é reconhecida depois dos seis, sete anos da maioria das pessoas.

Chá com as amigas. Imagine a reação da Sílvia, psicóloga, se eu contasse que estou saindo com o Papai Noel. Ela insiste que eu busco o meu pai nos homens mais velhos, ia achar que radicalizei de vez e caí nos braços de vovô. Almoço com a família. Minha mãe pergunta o que ele faz, Luiz responde sou Papai Noel e ela atira a panela de guisado na barba dele.

Prometo que volto a procurá-lo em alguns dias, só preciso me acostumar com a ideia. Luiz me deixa na porta do carro e vai cumprir sua missão.

4

Estou com uma bolsa de gelo na cabeça, mas a dor não passa. Ou é enxaqueca ou é desgosto. Com tanto homem no mundo, eu tinha que me interessar logo pelo Papai Noel do shopping.

Preciso reagir. Peço o meu sobrinho emprestado e me junto aos trogloditas que seriam capazes de matar por uma barbie em promoção.

Abrindo caminho entre as hordas, eu e meu sobrinho Pedro chegamos ao trono onde Papai Noel passa os dias dando colo para a garotada. A fila é gigantesca e Pedro não quer esperar. De nada adianta eu prometer que Papai Noel vai trazer muitos presentes se ele for bonzinho. O choro do meu sobrinho se mistura ao jingle bells que toca e recomeça mil vezes, combinação ideal para o surgimento de um serial killer.

Pedro e eu brigamos, o tempo passa e a fila anda. Pedro acaba dormindo bem na hora de falar com Papai Noel. Até então eu só tinha visto Luiz à paisana, é um choque reconhecer que ele fica muito bem de vermelho. A barba não parece falsa, a roupa não tem enchimentos, Luiz é o Papai Noel mais digno que já vi.

Ele me encara, surpreso e triste. Fico em pé na frente do Papai Noel sem dizer nada, só olhando para aquele homem que trata as crianças com tanto carinho, que fala baixinho com cada uma, que nunca perde a paciência, nem depois de mil bebês no mesmo dia. Tudo isso me comove e as lágrimas começam a cair. Papai Noel, isto é, Luiz, também está emocionado, mas uma das ajudantes com roupa de mulher-duende-piranha me tira dali e passa o próximo da fila. Pedro continua dormindo e nem vê que a tia chora tanto, mas tanto, que neste momento poderia até ser confundida com a rena do nariz vermelho.

5

Justamente eu, que vivo um momento tão delicado, sou escolhida para fazer uma matéria sobre o consumismo no Natal. Justamente eu, que agora considero Natal de shopping espiritualidade pura.

Fotógrafo do lado, sigo para entrevistar nossa estrela máxima: Luiz, isto é, Papai Noel. Ele está ainda mais bonito hoje, de gorro vermelho com pompom. Minha vontade é a mesma de qualquer garotinha, pedir colo e ficar abraçada nele.

– Papai Noel, o senhor concorda que o verdadeiro sentido do Natal desapareceu?

– Hohoho, minha filha, o amor vai ser sempre a única razão para o Natal existir.

– Mas Papai Noel, e todos esses produtos lançados pela indústria nesta época, pessoas enlouquecidas nas lojas, o senhor não concorda que o verdadeiro Natal não precisa disso?

– E que outra razão, além do amor, faz um pai gastar todo o salário em presentes para a família? Que outra força, senão o amor, leva uma mãe a disputar a tapas o último autorama? O caráter mercantilista da data existe, até o Papai Noel aqui concorda, mas de nada adiantaria o oportunismo dos fabricantes, dos comerciantes, da propaganda, se lá no fundo de cada um de nós não existisse o amor. E Hohoho.

Estou convencida e amanhã os leitores também estarão. A festa maior da cristandade recuperou seu significado e o amor renasceu em todos os corações, notadamente no meu.

Antes de ir embora, ainda peço para o fotógrafo fazer a foto que nunca tive, eu no colo do Papai Noel.

6

Cancelaram uma festa e hoje Luiz está livre depois do shopping. Vamos jantar, ou melhor, cear, já que ele só sai de lá às onze.

Preferia ir a um restaurante, mas Luiz insiste para eu conhecer a casa dele. Eu na casa do Papai Noel. Às vezes acho que algumas coisas só acontecem comigo.

Apanho Luiz e vamos em direção a um bairro afastado do centro. Ele me conta as histórias do dia, crianças pedindo brinquedos que os pais não podem dar, um menininho de rua que passou pelos seguranças e foi expulso a cascudos, a visita de uma escola, tudo tão prosaico e comovente ao mesmo tempo. Um outro estaria falando agora do dia horrível que teve no escritório.

Luiz mora em um apartamento de quarto e sala. Um pinheiro grande demais obriga quem entra a ficar na cozinha. Guirlanda, meia pendurada, presépio, luzes coloridas. O dono da casa realmente leva o assunto a sério.

Ele descongela um peito de peru e abre um espumante. A árvore iluminada continua piscando enquanto vou com Papai Noel para o quarto. Na parede, centenas de fotos dele com crianças. Derrubo um duende de gesso, presente de um anão, companheiro de outros natais. Luiz diz que não importa o duende, o anão, as crianças. Papai Noel agora está cuidando da menina dele.

7

Meu assessor para assuntos natalinos não pode me ajudar a escolher o pinheirinho lá de casa. Quanto mais se aproxima o grande dia, mais ocupado Luiz fica. Mas agora passo todas as noites com ele, esperando por ele até muito tarde, como agora.

Amanhã faço minha estreia na família Noel. Vou com Luiz distribuir brinquedos em um hospital de crianças. Minha roupa de Mamãe Noel pendurada no armário é como se fosse um Armani, tomara que chegue logo a hora de usar.

Luiz tinha três festas esta noite, vai voltar morto. Preciso perguntar o que ele faz no resto do ano, o dele é o emprego mais temporário que já conheci.

Chave na porta, Papai Noel dentro de casa. Depois que Luiz já distribuiu amor e carinho para todos, chega a minha vez. Uma vantagem de namorar o Papai Noel é que não preciso fazer o jantar, ele vem de tantas festas que não pode nem ver comida. Assim, pula-se a parte chata e passa-se para a parte boa.

Amanhece com um frio fora de época. Tenho uma entrevista daqui a pouco, não dá para passar em casa e mudar de roupa. A alternativa é aceitar um antigo casaco que Luiz usava no trabalho. O vermelho desbotou e ficou um pink brilhante bem moderno, um luxo com as plumas brancas do acabamento. O único senão é ser um modelo mais indicado para a noite.

Deixo Papai Noel dormindo e saio feliz da vida. Liberdade é um casaco velho, vermelho e desbotado, desculpe a infâmia. Passo na redação para encontrar o fotógrafo e um engraçadinho faz hohoho quando eu entro. Finjo que não é comigo.

8

A distribuição de donativos no hospital é um sucesso. Ver Luiz em ação é como assistir a um show ao vivo. Ele é perfeito, Papai Noel encarnado e reencarnado. Logo me vem a ideia de aproveitar tanto talento para ganhar dinheiro. Luiz como o grande astro da companhia, eu de Mamãe Noel e assistente de palco, e talvez aquele anão que ele conhece no papel de anão.

Santa Claus Entertainment. Amanhã mesmo peço a um colega para fazer o logotipo. Assim que chegar em casa, conto para o Luiz. Esta noite vai marcar o início do nosso império.

9

– Assim você me decepciona. O que mais me atraiu em você foi o seu antimaterialismo. Agora quer se aproveitar do meu dom para faturar.

Aqui é preciso fazer uma correção. Eu, antimaterialista? Eu sou completamente consumista, absolutamente fútil, totalmente capitalista.

– Você não está entendendo, é só uma maneira de garantir os outros onze meses do ano.

– Eu sou um homem muito simples, Maria Ana. Eu não frequento restaurantes, não vou a lugares caros. Quem gostar de mim tem que me aceitar como eu sou.

– Eu aceito, só não entendo como você come e anda e vive quando não é Natal.

– Nunca falta nada a quem tem o coração puro.

Antes que os anjos desçam tocando trombetas e uma luz vinda do céu inunde a sala, beijo Luiz e fico de voltar amanhã. Pela primeira vez tenho medo de andar pelas ruas do bairro dele. Se furar um pneu aqui, meu corpo só vai ser encontrado no Natal do quarto milênio.

O problema é que, junto com a roupa, Luiz vestiu a personalidade do bom velhinho. E mulher precisa mesmo é de um bom canalha.

10

Hoje é 24 de dezembro e Papai Noel acordou deprimido. Hoje o personagem sai de cena e Luiz volta para ele mesmo.

Depois da minha festa familiar e das cinco festas que Luiz tem para ir, vamos nos encontrar e passar o resto do Natal juntos. Não sabia que presente dar. Roupa ele não gosta, relógio ele não usa, livro ele não lê, chocolate ele não come. Correntinha de ouro eu me recuso. Acabei fazendo um quadro da minha foto no colo do Papai Noel. Enquanto espero, penduro o portrait na parede entre todos os outros iguais, meninos e meninas olhando para ele tão apaixonados quanto eu.

Só pode ter sido o champanhe que me fez dormir, nem vi Luiz deitar vestido de Papai Noel e tudo. De manhã bem cedo, ele coloca a roupa dentro de uma mala e esconde no armário. Papai Noel se foi. Agora vou conhecer Luiz.

O dia passa tranquilo. Luiz está triste, mas começa a fazer planos. E eu estou em todos eles.

– Vou precisar muito de você daqui para a frente. Hoje eu me sinto vazio, mas tenho projetos. Em março agora, não sei se você sabe, o shopping quer que eu seja o coelhinho da páscoa.

11

Fim.

(Quase) abençoado por Deus

Faz três meses que apresento O Pecador Cai, Jeová Levanta na TV Júbilo. É uma boa fase em que recebo um salário razoável e me ocupo pesquisando desgraças para fazer minhas entrevistas. Hoje, no entanto, um dos pastores me avisou que a atração sairá do ar. A justificativa é a de que já não há nada que surpreenda os telespectadores, mesmo os mais ingênuos e crédulos. Qualquer passeio pelo Facebook tem mais degradação humana do que o pior caso que a produção possa arranjar. A audiência da TV Júbilo não é nada expressiva, mas no meu programa ela desaparece – e isso que a chamada são minhas fotos nua com o Lulu da Pomerânia. Quem também sumiu foi o patrocinador. A Surdinas do Tio, que dava alguns caraminguás a título de apoio cultural, pediu para sair e sacramentou minha demissão.

– Você está apresentando o programa para ninguém, Maria Ana. Nossa tentativa não vingou, mas não precisa se deprimir. Jesus também orou para poucos por muitas e muitas vezes. Palavra do Senhor.

– Graças a Deus.

De maneiras que O Pecador Cai, Jeová Levanta termina sua carreira de poucas glórias em 30 minutos, tão logo os últimos créditos apareçam no vídeo. Pior que nem indenização vou receber, ainda estou no contrato de experiência. Hoje um jogador de futebol vai abrir seu coração sobre os excessos que praticava antes de encontrar a fé. Como faço sempre, vou ao camarim de Waldoyrson Chagas, o atleta, para combinarmos os detalhes da entrevista. Bato na porta e entro com o meu sorriso mais profissional.

– Olá, Waldoyrson, eu sou a...

Alto lá. Na minha frente, sem camisa e espalhando perfume pelo tórax, como se a televisão pudesse transmitir o seu cheiro, está ninguém menos que Gato, o jogador mais bonito desde o livro de Gênesis. Inimigo do meu time, centroavante que, em campo, sempre fez um estrago na nossa defesa. Jamais confessei em público minha admiração por ele. Muito pelo contrário, tratei sempre de minimizá-lo, desfazendo da sua inteligência de craque e dizendo que seus inúmeros gols eram culpa da desatenção da nossa zaga. Agora, a centímetros de distância, confirmo que a boa impressão que Gato sempre me passou pela TV é melhor ainda.

– Não acredito. Então o Waldoyrson é você, Gato?

– E Deus comigo. Muito prazer.

– Eu sou a Maria Ana e...

– Quem não conhece a entrevistadora de Cristo? Sou seu fã.

Inverteu-se o organograma. Eu é que sou fã dele! E uma fã que sequer pode se revelar sob pena de apanhar de seus próprios companheiros de torcida. A partir daí não lembro de mais nada que não seja o meu deslumbramento a cada palavra de Gato. A cada gesto. A cada sorriso. A cada amém. Revendo o VT mais tarde, percebo que minhas perguntas passaram longe da temática de O Pecador Cai, Jeová Levanta.

– Como você mantém a forma física?

– Você é muito namorador?

– Concorda que as mulheres mais bonitas do Brasil estão na nossa cidade?

– Você pretende morar para sempre aqui?

– Posso fazer como São Tomé, tocar pra crer nos seus músculos?

A meia hora do programa passa rápido demais para todos os meus questionamentos. Na saída, converso com Gato sobre a possibilidade de escrever a biografia dele. Credenciais não me faltam, coloquei os noventa e dois anos de Ademar Russo em quatro memoráveis páginas de revista. Imagine o que posso fazer com 150 compostas na tipologia Minion, em papel pólen 90g, corpo 11,5 e a foto do ex-pecador sem camisa na capa.

Gato topa.

Próximo passo, ir amanhã à casa dele para começar o trabalho.

( )

Deus tira de um lado e dá do outro. Se há ensinamento que vai ficar da minha breve experiência na TV Júbilo, é esse. Estou, mais uma vez, sem trabalho, mas com a perspectiva de um best-seller no meu horizonte.

Antes de encontrar Gato, leio tudo sobre a vida dele. Menino pobre e cheio de irmãos, foi descoberto por um olheiro na periferia de Salvador. Passou a infância e a adolescência indo de um clube a outro, separado da família, até fome passou. Quando teve catapora, não havia quem lhe alcançasse um copo de água no alojamento. Estreou nos profissionais com 17 anos e em breve era cobiçado por todos os times. Ah, o apelido não tem a ver com a aparência física dele, mas com uma maracutaia que seus empresários tramaram para diminuir-lhe a idade e incluí-lo em uma seleção sub-vinte. Descoberto o esquema, o jogador rompeu com os salafrários e foi absolvido. Mas a alcunha Gato pegou para sempre.

Deus sabe o que faz.

A conversão de Gato deu-se depois de uma breve vida louca em que arrumou três filhos de mulheres diferentes no mesmo ano. Apesar de ganhar muito bem, estava devendo as calças nos bancos por maus investimentos e compras absurdas. Aos 24 anos já tinha um helicóptero. Demitido por fugir da concentração para ir fantasiado de Homem-Aranha a uma festa que ficou famosa na época pela alta densidade de popozudas, procurou Cristo como último recurso para retomar a carreira. E conseguiu.

Convertido aos 28 anos, Gato tornou-se um atleta, um pai e, infelizmente, um marido exemplar. Quase morri de tristeza quando o maior rival do meu time o comprou por uma fortuna. Doía vê-lo com a camiseta adversária. Nos clássicos, rezava para que não marcasse contra nós. Temia odiá-lo – o que nunca aconteceu, nem em uma ocasião em que ele marcou dois gols e ainda sofreu um pênalti. Que não desperdiçou.

Não que eu queira nada mais além de um livro no topo dos Mais Vendidos, mas fantasio enquanto dirijo até o condomínio fechado em que meu ídolo mora.

Gato se apaixona por minha inteligência, competência e beleza – ainda estou com a escova e a maquiagem de ontem cuidadosamente conservadas. Sendo Deus fiel e ele também, pede o divórcio da esposa, que deve ser uns quinze anos mais jovem que eu, e assume nosso relacionamento. Meus seis enteados gostam de mim à primeira vista. O livro atinge a marca de um milhão de exemplares. Eu me converto de coração – até o presente momento só estava fingindo para garantir meu salário. Por amor a mim, Gato rescinde contrato e vai para o meu time. Já que meu sucesso agora é fato, o Globo Esporte me chama para ser a apresentadora de um programa de grande audiência.

Bem que o Senhor podia olhar por mim.

+10

( )

– E esses são os arquivos completos sobre a carreira do Gato. Contêm fotos, vídeos, clipping das reportagens, todo o histórico, taças conquistadas, depoimentos de colegas, treinadores e dirigentes. Acredito que tudo o que você precisa está aqui.

– A minha ideia era fazer uma série de entrevistas novas, buscar curiosidades, mostrar o Gato humano que convive com o ídolo.

– Os CDs também trazem esse lado. As obras de caridade, o trabalho na igreja, a vida em família. Consegui para você cenas inéditas de Gato saindo do bolo de aniversário da Nicole, a mulher dele. Querendo gravar um depoimento com ela, posso agendar.

A secretária de Gato deve ter sido arregimentada no Bope. É uma senhora grande para o alto, para os lados e avante, não sei se já estive perto de pessoa tão gigante. Severa, não ameaçou um sorriso durante toda a nossa conversa. Resolvo lutar.

– Não vejo como eu possa escrever um livro sem ter alguns encontros com Gato. O mínimo que eu preciso é entrevistar o biografado.

– Nesse momento será impossível. Gato está concentrado, as exigências do campeonato são muito duras. Antes que você insista, nas férias será impossível também.

– A senhora pode chamar o Gato agora? Só por alguns minutos?

– Impossível.

A carcereira do Bope disse "impossível" três vezes em 24 palavras. Impossível furar tamanha retranca.

– Transmita a Gato meus agradecimentos pela oportunidade, mas desisto.

– "Consoleis os desanimados, ampareis os fracos", disse Paulo aos cristãos.

– Que Paulo? O empresário dele?

– O São Paulo dos livros sagrados.

– Isso significa que a senhora vai me ajudar a falar com o Gato?

– Impossível. Passar bem.

Desanimados e fracos, ela disse. Bem se vê que a montanha não me conhece. Amanhã vou ao treino do time rival para falar com Gato. Desisto de todos os planos românticos com relação a ele, mas o livro eu vou escrever ou não me chamo Maria Ana.

(   )

Embora tenha dito que era meu fã, Gato não lembra de mim quando grito por ele na saída do treino, grudada no alambrado como uma torcedora qualquer. Não o culpo. Precisei lavar o cabelo que Luciano havia escovado há três dias. A sobra da maquiagem derreteu no sol das duas da tarde. Minha aparência pode não ser das melhores, mas minha garganta é.

– Gato! Gato! Aqui!

E ele ouve. Caminha na minha direção e, juro, nunca vi um bípede mais bonito na minha vida. Conto a ele o que aconteceu com a secretária do Bope, Gato ri.

– Marcinha é dura na queda. Nem meus seguranças são tão cuidadosos comigo.

– A gente precisa conversar. Já tenho até editora para o nosso livro (mentira, mas Deus não há de me castigar por essa pequena inverdade).

– Agora não dá, mas se você quiser ir a Passo Fundo amanhã, podemos fazer a entrevista depois do jogo.

– E a que horas é o jogo?

– Às nove. Pode ser?

Passo Fundo é um município ao norte do Rio Grande do Sul, distante quase 300 quilômetros de Porto Alegre pela BR-386. É a cidade da Jornada de Literatura e do Esporte Clube Passo Fundo. Também tem o Sport Clube Gaúcho. Não sei qual das duas equipes Gato vai enfrentar, não sei nem qual é o campeonato que o time dele está jogando. Sempre me mantive propositadamente ignorante a respeito da tabela do rival. Chegar em Passo Fundo às onze da noite para falar com Gato significa dirigir por uma estrada que não conheço por quantas horas mesmo? Nesses momentos agradeço ao Senhor por ter conseguido decorar a única fórmula de física que continuou a me ser útil ao longo dos anos. As outras todas esqueci assim que bateu o sinal.

Se a distância é igual a velocidade vezes o tempo, a distância dividida pela velocidade é igual ao tempo. 300 km divididos por 80 km/h, já que não pretendo passar disso em um caminho desconhecido, é igual a mais ou menos quatro horas de estrada. Meus cálculos são sempre arredondados para cima a fim de restar uma folguinha reconfortante em tudo.

– Pode ser.
– Espero você no hotel. Vá com Deus.
– Fique com Ele.

Desço do alambrado animada. O que são quatro horas dirigindo diante de uma vida inteira que se anuncia?

Passo no salão de Luciano antes de viajar. Será mais fácil para Gato me identificar se eu me apresentar com o cabelo e a cara em dia. Nosso encontro é depois das onze da noite, mas pego a estrada passando um pouco das onze da manhã. Deus ajuda quem cedo madruga, dizem, sem falar que vou me perder muitas vezes até chegar ao meu destino. Se não me engano, Deus também disse que são tortuosos os caminhos do homem, mas no fim a coisa engrena. Descubro que o time que Gato enfrentará é o Passo Fundo e que o hotel da delegação é o Gran Palazzo Pampa, onde me instalo. Caro e não vale o que cobra, mas estou investindo no meu futuro.

Durmo sentada até o início do jogo para não amassar a escova. Pouco antes de Gato entrar em campo, vou para o chuveiro com o rádio ligado. Protejo os cabelos com a toalha, uma gota pode estragar o sacrifício de um dia inteiro. Ouço a escalação do time, o nome dele não consta, será que ficou no banco? Saio do chuveiro molhando o quarto todo, esquadrinho a internet, que fim levou Gato?

Então escuto o locutor gritando no rádio. Por que os locutores gritam como se todos os ouvintes fossem surdos?

– E o desfalque da noite é o capitão Gato, que não viajou por causa de um desconforto no púbis.

O jogo não era decisivo, o que fez com que o treinador preservasse o goleador do time. Já a desempregada afoita, a jornalista desesperada, a convertida por necessidade, a carente por excelência, essa dirigiu por 300 quilômetros para escrever um livro que, muito provavelmente, seria uma bosta tão grande que nem a família do ex--pecador iria comprar.

A prudência manda que eu durma em Passo Fundo. Foda-se a prudência. Em minutos guardo o pouco que havia levado, pago a conta – obviamente o Gran Palazzo Pampa cobra a diária integral – e estou na estrada. Nem chorar eu posso, a água entre o olho e minhas lentes de contato poderia provocar um acidente. Não vou morrer por causa de um Waldoyrson qualquer.

Antes que eu chegue ao pedágio, o Passo Fundo faz um gol. Uns quarenta quilômetros depois, faz outro. O locutor, sempre gritando, fala em fiasco. É música para mim. Essa frase vai ficar em looping nos meus ouvidos até Porto Alegre.

Biografia de jogador, ora se eu posso. Se vou sentar para escrever, que seja o meu romance. Minha bunda vai estar bem dolorida depois de 600 quilômetros em um dia, mas dessa vez não tem desculpa. Amanhã eu começo meu livro.

Deus parece abençoar minha decisão. Terceiro gol do Passo Fundo.

(Quase) tão comum

Se aquele cara não está olhando para mim a tarde inteira, eu mudo o meu nome para Delçolina. Assim, com cê-cedilha.

O moço chegou ontem, está fazendo um freelance aqui no jornal. É paulista e fotógrafo de moda, segundo se comenta. Desde que souberam que ele vinha, as mulheres da redação estão indo do trabalho direto para o terreiro da Tia Necy. Você não imagina o que tem morrido de galinha nas esquinas nos últimos dias.

Quem também lucrou com a visita do fotógrafo foram os salões de beleza do bairro. Nunca vi minhas colegas tão louras e lisas. Dá gosto ver todas aquelas unhas perfeitas, bem lixadas e pintadas, batendo nas teclas do computador com uma caneta para não estragar o investimento.

Mas por que será que o cidadão me olha tanto? Vai ver está achando que me conhece. Se ele me confundir com uma morena que já fotografou e perguntar se eu sou a Aracy de Almeida, eu não respondo pelos meus atos. Jesus, ele levantou da mesa. Vem na minha direção. Está chegando perto. Está quase aqui. Quê, ele passou reto e foi falar com a Verinha, que senta atrás de mim? A Verinha, que é platinada desde às onze da manhã de hoje?

Quero trabalhar, mas fico ouvindo a conversa deles. A Verinha conta até que foi Miss Brotinho no colégio, só não diz o ano. O papo está realmente ilustrado quando o meu telefone toca. Atendo.

– É a Delçolina, posso ajudar em alguma coisa?

2

Já esqueci que o fotógrafo traidor existe. Estou quase sozinha na redação às três da tarde quando ele chega perguntando se eu não vi o chefe.

Informe-se com a Verinha, é o que eu deveria dizer. Mas falo educadamente que o chefe deu uma saída e logo mais está de volta, etc. Ele:

– Você me lembra alguém que eu já fotografei... Acho que é a...

– Se disser Aracy de Almeida, morre.

Eis que o cara puxa uma cadeira e não sai mais do meu lado. O chefe chega e vê aquela cena, dois velhos amigos tricotando em horário de expediente. Nem a Verinha acredita no que suas lentes de contato azuis mostram. Sou obrigada a expulsar o fotógrafo, que se chama André Araújo, não sem antes deixar um encontro combinado para a noite. Com as minhas matérias completamente atrasadas, não vai dar nem para passar no Kako's Hair. Ele vai ter que gostar de mim como Deus fez, com essa raiz preta no cabelo meio vermelho e o esmalte descascado de três semanas atrás.

3

Não quero mostrar que estou dando muita importância ao fotógrafo, mas acabo saindo arrumada no melhor estilo mulher solteira procura. Descontados os espirros de dez em dez segundos por causa do meu perfume, ele parece ter gostado bastante do material aqui. Aliás, ou eu sentei na mãozinha da família Adams, ou é o mãozão do André que está entrando no bolso da minha calça agora.

Vamos jantar. A mãe dele mora no outro lado da cidade e André precisa estar em casa no máximo às onze. Comemos rápido e na hora marcada deixo André em frente ao prédio da senhora Araújo (minha sogra). Sem beijo na despedida, que o rapaz é de família.

4

André volta para São Paulo e começa um namoro via Embratel. Falamos várias vezes por dia, quem deve estar gostando é a companhia telefônica. Morro de saudades e resolvo fazer uma surpresa. Pego um avião e às seis da tarde estou em Guarulhos ligando para ele.

André fica meio atrapalhado com a minha aparição. Diz que já tem compromisso, mas acaba marcando comigo às nove em um bar que não conheço.

Minha agente de viagens me colocou no pior hotel dos Jardins. Antes de sair deixo o meu quarto pobre bem limpinho, nunca se sabe o que pode acontecer. Oito e meia em ponto estou dentro de um táxi, mas André me deu o endereço errado. Depois de muitas voltas, chego uma hora atrasada.

Ele parece contrariado. Minha explicação sobre o atraso não melhora muito a situação. Agora André parece um periscópio, olha para todos os lados, menos para o meu. Pago a conta e saímos. O pior é que paguei também uma passagem de avião, o hotel e milhares de quilômetros de táxi para encontrar alguém que não parece fazer a menor questão da minha companhia. Prometo para mim mesma que na próxima encarnação vou nascer normal.

Caminhando pela Avenida Paulista. De repente, a voz dele:

– Sou casado.

5

Eu disse que ele era de família, mas não precisava exagerar.

Casado. Agora eu entendo aquela ansiedade toda. André devia estar apavorado com a possibilidade de ser visto por alguma conhecida, que ligaria do celular para a mulher dele, que apanharia o revólver guardado na gaveta das calcinhas, que tomaria um uísque e um táxi, que entraria no bar e descarregaria a arma em mim, é claro, que mulher traída se vinga na rival e depois de absolvida ainda volta para o marido.

Acho que já ouvi a história de André antes. A namorada foi ficando sem emprego, foi ficando sem apartamento, foi ficando na casa dele e está lá até hoje. Faz quatro anos. Ele diz que gosta dela, mas que o quadro não é irreversível.

Estamos na porta do meu hotel muquirana. É meia-noite e André fala que vai trabalhar. Fico olhando enquanto ele some na Paulista. Subo para o apartamento paupérrimo. Deito com a minha frustração e o vestido Donna Karan que nem chegou a ser amassado. Amanhã pego o voo às sete da manhã para estar no jornal bem cedo, como se nada tivesse acontecido.

E não aconteceu mesmo.

6

É muito difícil viver no dia seguinte quando alguma coisa dá tão errado na noite que passou. Nesta manhã pós-hecatombe, eu vim direto do aeroporto e continuo com a mesma roupa, mas amarfanhada está a minha autoestima. Tento me concentrar na revisão de alguma matéria desinteressante. O telefone tocando há horas não deixa. Atendo.

– Queria saber se você chegou direitinho.

André Casado. O responsável pelo estado de putrefação da minha alma ligando para saber notícias. Posso ver todos os planos de nunca mais falar com ele entrando pelo fio do telefone. Não precisa mais de dez segundos para André reconquistar o que não foi dele. Pouco tempo depois, quem diz tchau com uma voz aveludada não sou eu, é uma nova mulher, segura e confiante. Quase uma Marília Gabriela.

No meio da tarde o chefe me manda cobrir o assalto a um caixa eletrônico. Juro que nunca esperei terminar a minha quinta-feira assim.

Abro caminho entre os populares, que na verdade não passam de anônimos se empurrando para ver melhor. O ladrão já está até algemado. Conheço um dos policiais, o Everaldo, que sempre dá em cima de mim quando eu cubro o plantão. Consigo uma entrevista exclusiva e encerro o dia andando de camburão com o meliante e a turma da oitava DP.

7

André vem no final de semana. Isso justifica eu estar agora em uma loja relativamente cara fazendo um relativo estrago no meu cartão de crédito. Quase que eu me apaixono por mim mesma com esta saia que acabei de comprar. Se André resistir desta vez, pode me chamar de Delçolina Terezinha.

Dez da noite. Eu e minha saia nova esperamos no aeroporto. Uma vez alguém me disse que eu merecia uma nota oito e meio, mas acho que hoje encostei nos oito vírgula seis. Nenhum executivo de pastinha, desses que vão e voltam no mesmo dia, passa por mim sem dar uma boa conferida. Se o avião do André não chegar logo, ele corre o risco de me encontrar noiva de um subgerente comercial.

Estou terminando de roer uma das falanges quando ele chega. Tenho que admitir que este André é bem o meu número. Em um segundo estou colando nele, grudada nele no saguão do aeroporto. Pelo menos os executivos que vão e voltam garantiram uma ereção para contar na firma amanhã.

O plano de ir a um bom restaurante foi adiado para depois que André conhecer meu apartamento. É contra os meus princípios levar um homem que não é meu para dentro de casa, mas André beija mordendo e morde beijando tão bem, que às seis da manhã, quando ele finalmente vai embora, você pode me chamar de qualquer coisa, destruidora de lares, inimiga das esposas, bug da família, menos de Delçolina Terezinha.

8

Agora eu funciono em duas graduações: quando ele está comigo e quando ele não está.

Quando André está comigo parece que é sempre Natal. Primeiro porque ele chega cheio de presentes e eu espero com muitos outros. É aquela fase da paixão em que amar é pouco, tem que fazer dívidas, abrir contas, inaugurar carnês. Segundo, porque André sempre me encontra de roupa nova e perfume atrás da orelha. Terceiro, porque quando os beijos dele começam e os abraços não terminam, eu tenho a certeza de estar sendo recompensada por ser uma boa menina.

Mas na maior parte do tempo ele não está comigo. E aí quem fica feliz é o meu chefe.

Sem André eu não quero sair, não quero cinema, não quero ler, não quero banho, nada disso. Resta trabalhar e eu me mudo para o jornal. Chego a passar noites inteiras acompanhando uma chacina só para me distrair.

Hoje não vai ter jeito, minha melhor amiga está de aniversário e eu sou obrigada a ir. Compro um livro da lista dos mais vendidos e bato na porta dela. Sem banho.

9

Sarah, a minha amiga, está fazendo trinta anos e é trinta vezes mais animada que eu. Passou a semana inteira querendo me apresentar um tal de Carlos, pai da cunhada dela. Parece que o cara tem mais de cinquenta. Agradeço, mas ainda estou longe de disputar a Taça Veteranos.

Algumas pessoas dançam na sala escura. Sem inspiração para um twist, sento ao lado de outra amiga e ficamos falando bobagens. Sarah pergunta o que vou beber e quando eu respondo vinho, ela sai dando as coordenadas.

– Carlos, um tinto para a Maria Ana.

Ouço aquilo e fico estática. Passado o choque inicial, viro para a mesa onde devem estar o vinho e o Carlos e levo uma descarga de duzentos e vinte volts.

Ele está abrindo uma garrafa. É o cinquentão mais parecido com um septuagenário que eu já vi. Um pouco careca, usa o cabelo atravessado de um lado a outro da cabeça, na esperança de conseguir o efeito melena natural. Ou é gordo, ou vem com air bag dianteiro.

Carlos me estende a taça, pego sem agradecer. O resto da noite eu passo preocupada em ficar o mais longe possível dele. Por duas vezes Carlos rompe a distância regulamentar de mil quilômetros e chega perto de mim para oferecer vinho.

– Desculpe, sou abstêmia desde aquele copo que você me serviu.

No outro dia acordo Sarah bem cedo e despejo toda a minha ira. Meio dormindo, ela não entende muito bem o que estou falando.

– Eu avisei que não queria conhecer o Carlos-pai-da-sua-cunhada.

– Carlos-pai-da-minha-cunhada? Você bebeu? Aquele era o Carlos-meu-tio-avô!

10

Quase um ano de um namoro como todos os outros, com planos de morar na mesma casa, viajar bastante, ver um vídeo no domingo à tarde. O único problema é que André já faz tudo isso com a mulher dele.

Tanto insisti que acertamos um prazo. Ele vai resolver a situação e passar o final de ano comigo. O melhor final de ano dos meus últimos trinta.

Já aluguei uma cabana em Santa Catarina, o vestido branco está comprado e os champanhes também. Ele vai chegar às cinco da tarde.

Pego primeiro o André, depois a estrada. E a cada segundo me pego pensando que finalmente vou viver feliz para sempre com alguém.

Estranho é que desde hoje cedo André não atende meus telefonemas, nem responde meus recados. Não posso ligar para a casa dele, não sei se a mulher já foi ou se está demorando de propósito para fazer as malas. Um alarmista qualquer, obviamente não é meu caso, começaria a desconfiar que algo deu errado.

11

Eu sou um alarmista qualquer.

Algo deu errado.

12

São quatro horas e eu já estou no aeroporto. Se ele não ligou desmarcando é porque vem. Não existe outra hipótese.

Cinco para as cinco, meu telefone toca.

– Eu não vou.

13

Não me pergunte como foi o meu final de ano, que eu não vi.

Estou levantando neste minuto, quase três da tarde do dia primeiro. Sei que bebi uma garrafa de champanhe quente e fui para a cama.

Engraçado, alguém atirou os livros da estante no chão, virou todas as gavetas, quebrou alguns copos aqui em casa. Não pode ter sido eu, não lembro de ter feito nada disso.

E ontem à noite? Ouvi fogos, explosões, pessoas gritando. Só falta a terceira guerra ter começado.

Aos poucos a amnésia vai passando.

Queria que ela não fosse embora nunca.

14

Se eu disser que houve uma reconciliação e outra separação e mais uma volta e depois uma briga e outra volta e nova separação, se eu disser tudo isso vai ser só para adiar um pouco mais o fim.

15

Fim.

(Quase) um capítulo + bônus

C omecei meu romance. Ou melhor, abri um documento em branco no word e estou aqui olhando para ele há quase duas horas. Não deixa de ser um início.

Ainda não sei qual será a história. Uma mulher às voltas com seus dilemas, bem, seria o óbvio. Se ela tiver quarenta e três anos e nenhum rumo, esta é a minha autobiografia não autorizada. O pessoal do Procure Saber estará devidamente credenciado a me representar contra mim mesma.

Talvez eu possa trazer algum acontecimento remoto que sirva como ponto de partida para o primeiro capítulo. Tendo algo em que me segurar, o resto do romance vai fluir. Acho. E se eu escrevesse sobre o caso G.? Esse, a não ser por uma amiga que sabe, é um capítulo secreto nos meus enganos. Um equívoco acontecido há, sei lá, cinco anos, quando eu trabalhava na sucursal de um jornal paulista. Bons tempos – os do trabalho, não os do caso G. Só por exercício, relembro aqui.

(   )

Minha amiga P. (melhor manter o anonimato) liga pedindo que eu jante com ela e com G., sujeito infeliz por uma separação recente e a saudade do filho, que mora em Vitória. Eu, que não tenho nada melhor a fazer naquela noite do que aturar a depressão alheia, vou. Quando chego ao restaurante, só G. espera por mim. A mensagem de

P. vem quando G. já me acena da mesa. "Você e ele têm tudo a ver. Depois me conta."

Era um plano. P. está tentando promover o meu encontro de almas com G., que eu conheço apenas de vista, com a nobre intenção de tirar um amigo da fossa e me arrumar uma aventura. Para ser sincera, a ideia não me desagrada. Atual DJ, ex-agitador cultural – profissão um tanto vaga –, G. é atraente, embora castigado pelas experiências e excessos passados. Enfim: janto com ele, que troca o prato principal por três sobremesas, pago a conta (G. não tem um puto) e o entrego são e salvo no hostel em que está hospedado. Na despedida, me beija e sinto o gosto de fios de ovos de uma das sobremesas que pediu.

( )

Tão logo acorda, pelas cinco da tarde, G. me liga para combinar um cinema. Vou buscá-lo e estranho a mochila que ele carrega, como se fosse passar um mês fora do hostel e não duas horas. Mal consigo ver o filme de tanto que ele me beija. Dessa vez sinto apenas gosto de jejum. Depois do jantar (eu pago, G. continua sem um puto), ele vai para a minha casa. É então que, colocando a mochila no chão, pergunta se pode ficar alguns dias comigo. Teve que sair do hostel, a estadia se estendeu por mais do que o esperado e já não há quarto disponível para continuar lá. Controlo o "claro que não" que quase me sai da boca. A única alternativa que me ocorre é pagar para que ele fique em alguma espelunca, gasto não previsto no meu orçamento sempre à beira da falência. Como vou abandonar na sarjeta alguém que agora há pouco estava me beijando? Resolvo instalá-lo no meu escritório. Abro espaço no sofá, alcanço lençóis e vou tomar banho para dormir.

+10

Quando entro no quarto, G. está deitado na minha cama.

( )

Quinze dias e G. ainda não foi embora.

Ele dorme comigo, deixa os pertences no escritório e passa o dia deitado na sala. Isso significa que todo o apartamento está ocupado. Já eu me sinto incomodando se faço algum barulho enquanto o hóspede compulsório ouve música eletrônica em looping. Minha casa parece o provador de uma loja moderna, um tum-tum-tum incessante que já deve ter enlouquecido muitos vendedores. A cozinha também está sob a jurisdição dele. Por conta de seus baseados, muitos – não tenho nada contra, até gosto –, G. sofre de larica crônica, o que faz com que minha geladeira esteja sempre vazia. Em compensação, é radicalmente contra o hábito de jantar e faz verdadeiros discursos quando coloco a mesa com capricho depois de um dia puxado no jornal.

– Essa mania que vocês têm de comer de noite é que levou o ser humano a engordar através dos tempos.

– Não é mania, é fome. Você passa o dia descansando, por isso não sente.

– Vocês precisam entender que a alimentação noturna é um veneno para o metabolismo.

– Vocês quem?

– Vocês. Os humanos.

Então eu como calmamente e ainda bebo uma taça de vinho, enquanto G. derruba um pacote de biscoitos Trakinas e continua palestrando sobre os malefícios do jantar. Lavo a louça e recolho os copos e as cinzas que se espalham pelo apartamento inteiro. Não acho que G. aja por machismo, mas como ele não está nem aí para

147

a organização da própria vida, não vai se mobilizar pela arrumação da minha sala. Quando deito na agradável companhia de um livro, G. fica atrapalhando minha leitura com suas tentativas de gastar a energia acumulada em um dia inteiro de ócio. Uma coisa básica que ele – e não só ele – não entende: que mulher vai ter vontade de transar com alguém que não se mostra sequer agradável fora da cama? Até o sexo casual precisa de um mínimo de encanto.

(   )

Um mês e G. ainda não foi embora.

Passo a adiar a hora de voltar para casa. Todo mundo vai embora da sucursal e eu continuo lá, em um plantão eterno. Deveria ganhar o prêmio de Funcionária do Mês enquanto estiver hospedando G.

Chego tarde, como sempre, e G. está no sofá da sala, fumando e ouvindo música, como sempre. Mal me olha, perdido nele mesmo. É então que, quase camuflado na estampa do persa falso, um pequeno pedaço de alguma coisa me chama a atenção.

– Isso aqui é uma embalagem de camisinha?

G. faz que não ouve. Mostro o pedaço de embalagem. Ele faz que não vê. Sou obrigada a atirar-lhe uma almofada na cara. Abaixo a violência, mas às vezes as circunstâncias me vencem. Nem assim G. reage.

Muito mais tarde, batendo na porta trancada do meu quarto, ele se defende.

– Você nem me olha mais.

(A culpa é sempre da vítima.)

– Não sabia que você ia se importar.

(Sempre quis que a minha casa virasse um motel.)

– Pelo menos eu usei camisinha.

— Vá à merda.

— P., eu não aguento mais.
— Há quanto tempo ele está na sua casa?
— Um mês, vinte e três dias, sete horas, treze minutos e quarenta e dois segundos.
— Diga que seus pais estão chegando.
— Ele sabe que meus pais morreram.
— Não vai lembrar. Ele não presta atenção em nada.
— O que eu faço?
— Diga a verdade. Que você não aguenta mais.
— Me dá pena, ele não tem para onde ir.
— Você não é a Madre Teresa.
— Até porque, pelas últimas versões, ela era má para cacete. Você leu?
— Você gosta dele?
— Não mais. Não cheguei a gostar. Não mesmo.
— Mande ele embora hoje.
— Meu medo é que alegue usucapião e eu é que tenha que sair.
— Você precisa de terapia.
— Me ajuda. Fala com ele antes que eu ponha o apartamento à venda e vá embora do país.

Foi covarde da minha parte terceirizar o despejo de G. E é com receio que entro em casa para enfrentar a mágoa que ele deve estar sentindo agora.

Sim, eu preciso de terapia.

– Maria Ana, a P. falou comigo.

Ele não deveria estar um pouco mais magoado? Parece até feliz.

– Espero que você entenda. A situação chegou ao limite.

– Nunca ninguém me compreendeu tão bem, sabia?

(Será que estamos falando do mesmo assunto?)

– Faz quase dois meses que eu não vejo o meu filho. Isso me deixa prostrado, você deve ter percebido.

– ...

– Quando eu voltar, a gente recomeça.

A bigorna vai caindo lentamente sobre mim. P. não disse a G. para sair da minha casa para sempre, apenas sugeriu que ele visitasse o filho no Espírito Santo para me dar um tempo. E ainda prometeu que eu compraria as passagens. G. aceitou, comovido, e agora pesquisa as melhores tarifas no Decolar.com. Pelo menos isso. Aceito pagar para que ele vá, mas não me sobra alternativa senão explicar que a viagem será sem volta.

– Mas para onde eu vou?

Não faço ideia e peço que não me odeie, mas chegou a hora do checkout no Maria Ana's Palace.

Se eu tivesse um terapeuta nesse instante, ele estaria orgulhoso.

( )

G. não para de me ligar, quer voltar para o meu apartamento e até em amor me fala. Quando a fatura do cartão de crédito chega, vejo que a melhor tarifa que ele pesquisou não era tão boa assim. Pior. G. comprou também três pacotes para que ele, o filho e a ex-mulher desfrutassem de alguns dias em um resort no Nordeste.

Não juntos, mas próximos, para dar à criança a impressão da convivência em família. Estou quase torcendo para que não pague, assim uso o prejuízo como justificativa para romper de vez com ele.

Como se eu não querer não fosse justificativa suficiente.

( )

Ele não paga, eu entro no rotativo e perco o cartão de crédito. Embora os bons falem que acreditar na humanidade enriquece as pessoas, eu sou a prova viva de que não é bem assim. E como seria, pagando os juros de 498% ao ano que o cartão me cobra?

( )

Passo a tarde escrevendo o caso G. para concluir que nenhuma obra literária, por mais chinfrim que seja, pode começar com uma história dessas. Se não existiu na vida, por que convenceria na ficção?

Amanhã ligo para Ademar Russo em busca de um frila. Ou para qualquer editora que precise de uma tradução. Melhor fazer o que eu sei enquanto o meu livro amadurece. Ou, quem sabe, um romance de verdade me aparece.

O que ocorrer primeiro.

O porteiro eletrônico toca. Se fosse na sessão da tarde, seria um galã pronto a cair de paixão por mim. Se fosse em um filme pornô, seria um encanador de sunga. Sendo na realidade, deve ser o carteiro com as contas a pagar.

– Quem é?

– Elisa.

( )

Depois de meses dormindo em camas duras, redes, bancos de ônibus e sacos de dormir, Elisa está há mais de doze horas desacordada no meu colchão queen size. Os ossos dela não devem estar entendendo nada.

A ideia de me visitar antes de ir para casa surgiu na viagem – de ônibus – entre Manaus e Belo Horizonte. Então ela desceu em alguma rodoviária do caminho e veio parar em Porto Alegre. Tudo isso para ficar apenas três dias comigo. No sábado, sua única irmã casa em Juiz de Fora. Sem contar um ultimato que a namorada de Elisa deu por WhatsApp: ou volta agora, ou não precisa voltar mais.

Elisa tem uma namorada. Relacionamento sério. Não havia me contado no Rio, diz que não achou importante. Já eu passei em revista os meus enganos e rimos muito de todos eles, apesar da pequena tragédia que cada um representou. Pensar que foram a causa de muitas das minhas rugas.

Elisa acorda e passo à tarefa número um de todo nativo: levar o visitante aos lugares onde a cidade se mostra mais fotogênica. Em uma tarde, tudo visto. Depois, o restaurante bom (valha-me, meu cartão de crédito) e a conversa até quase de manhã no sofá da sala. Elisa não aceita que eu não durma com ela no meu quarto. De camisola no lugar das camisetas de propaganda que costumo usar, deito na beirinha para não invadir o espaço alheio. Elisa me puxa mais para perto. Embora eu seja do tipo que apaga instantaneamente, dessa vez o sono demora a vir. Já dividi a cama com tantas amigas, por que esse nervosismo com ela?

Ai, Jesus.

Quando acordo, Elisa me espera com a programação já feita.

Passamos o dia entrando e saindo de museus que eu nunca havia visitado. Quanta coisa eu tenho perdido por não lembrar de ser turista na minha própria cidade. O tour ainda não acabou quando meu único cliente, seu Ademar Russo, liga pedindo um favor especial: um bilhete de amor para Brigite, sua segunda mulher, com quem completa quarenta anos de casado no dia seguinte.

– Escreva como se fosse eu. Ela tem que achar que é a inspiração da minha vida.

– Mas o que eu digo?

– Se eu soubesse, não pedia para você escrever.

Preciso entregar o bilhete antes da noite para que seja caligrafado e acompanhe o presente que Brigite receberá amanhã. Já eu não vou ganhar nada que não sejam preciosos pontos com seu Ademar. A incapacidade de dar ponto sem nó, é isso que o capitalismo faz com as pessoas. Elisa decide cozinhar enquanto me ocupo com as Bodas de Esmeralda do casal Russo. Interessante como a presença dela até ajuda na minha concentração. Quanto antes eu terminar, mais rápido volto para a sua companhia.

O amor. Ah, o amor, essa aventura que faz de um dia qualquer uma subida ao Everest. Depois de quarenta anos escalando todas as montanhas com você, eu só poderia ter encontrado o céu dentro da nossa casa. Muito obrigado por ser a inspiração que eu respiro. Com amor do sempre seu,

Ademar.

Elisa acha bonito, mas um tanto barroco. Que seja, não posso escrever um cartão de Bodas de Esmeralda no estilo concretista.

A aprovação de seu Ademar vem junto com o prato tradicional mineiro que Elisa coloca na mesa. É uma gororoba com gosto de tudo ao mesmo tempo. Quero evitar a desfeita, mas vou vomitar se der outra garfada. Tenho um método para esses momentos: finjo que estou comendo, mas cuspo disfarçadamente em um guardanapo. Se estiver em um restaurante, guardo na bolsa. Às vezes esqueço de botar no lixo, como na ocasião em que escondi um temaki de salmão com chocolate que o garçom me deu de brinde. Uma semana depois, a impressão era a de que havia um corpo em decomposição no meu apartamento. Joguei até a bolsa fora. Já se estou na casa de alguém, vou ao banheiro e me livro das provas. É isso que faço com o cozido de Elisa.

— Que bom que você gostou. Eu adaptei a receita original.

(Prefiro o silêncio a um elogio falso. Pelos meus princípios, não se mente a quem tem importância para a gente.)

Elisa me serve mais vinho. Eu busco a sobremesa. Elisa pega a minha mão. Eu seguro a mão dela. Elisa fala que não quer ir embora. Eu digo que quero que ela fique.

O voo sai antes do horário. Quando a gente não quer, aí a companhia aérea é pontual.

Me junto às famílias, solitários e curiosos que observam os pousos e as decolagens. Elisa logo some no meio das nuvens cinza. Isso foi há dois segundos e já sinto a falta dela. Não estou com a sensação de ter escalado o Everest, então, não é amor. Mas alguma coisa é.

(Quase) um remédio

Na saída do supermercado, tentando dirigir um carrinho daqueles que vão para o lado que bem entendem, acabo colidindo com alguém. As únicas vítimas fatais do acidente são os tomates da minha salada, que viraram purê. O dedinho do meu pé dói muito, mas eu vou aguentar tudo no osso, provavelmente quebrado. Sou contra demonstrar dor, gritar e desmaiar em público.

– Você anda de olhos fechados, é?

Mas veja quem falando. O outro envolvido na colisão, a minha vítima, por assim dizer, é um oriental. Japonês, chinês ou coreano, tento adivinhar, olhos nos olhinhos apertados dele.

– Logo quem falando que eu ando de olhos fechados.

Minha vítima não herdou a paciência oriental dos seus antepassados.

Ofendido com o comentário, quase me atropela com o seu carrinho e abandona rápido a cena do crime. Lá vai ele terminando de amassar o purê.

– Cuidado para não escorregar no tomate, moço.

Aposto que o mal-educado nem japonês é, deve ser um paraguaio falsificado. Saio arrastando o carrinho indomável e o pé avariado. É apenas um dedinho, mas quase não consigo caminhar. Com o maldito carrinho cheio de compras, sento na calçada do estacionamento esperando que o Super-Empacotador, o defensor dos fracos e dos dedos espremidos, me ajude a descarregar os pacotes.

– Você se machucou?

2

O Super-Empacotador não veio, mas o oriental mal-humorado surgiu sabe-se lá de onde.

– Não é nada grave, acho que bati o dedo.

– Sou médico. Deixe eu dar uma olhada.

Não, não, não, tudo menos isso. Não saí de casa preparada para um exame médico. Minha roupa está um lixo e meu pé, uma ruína. Homem nenhum vai tocar em mim desse jeito.

– Não se preocupe, quando chegar em casa eu coloco um emplastro, dou uma benzida e fica perfeito.

Vou mancando até o carro para impedir que o oriental se aproxime do meu pé.

– Deixe ao menos eu esvaziar o carrinho para você.

Abro o porta-malas. Depois de descarregar e ficar por dentro de todo o meu rancho, ele vem se despedir.

– Desculpe a grosseria. Tem certeza que consegue dirigir?

– Claro que sim. E desculpe pela batida. Às vezes eu sou meio barbeira.

Tomara que a Rosemarie Muraro não me escute. Eu, que não tive culpa no acidente, estou assumindo a responsabilidade só porque o oriental foi atencioso comigo. A categoria das mulheres deveria se envergonhar de me ter como sócia.

– Vou deixar o meu cartão. Ligue se precisar de alguma coisa. Ligue hoje para dizer o que houve com o seu dedo.

Minha vontade é chorar quando o pé estropiado pisa na embreagem. Trato de sair logo dali para ele não ver as lágrimas descendo tão incontroláveis quanto o carrinho que começou este capítulo.

3

Dois dedos fraturados e três semanas de gesso. Enquanto espero o táxi, vai batendo a vontade de ligar para o doutor oriental.

Onde mesmo eu guardei o cartão? Será que ligo? E se a mulher dele atender, digo o quê? Alô, aqui é uma paciente do doutor... do doutor... Suki. Eduardo Suki. Cardiologista. Qual é o assunto? É sobre umas pontes de safena que ele me implantou. Elas estão com problemas, vão desabar se ele não falar comigo agora.

– Alô, é o doutor Eduardo?

– Como vai a moça do dedo quebrado?

– Com dois dedos quebrados.

O doutor Eduardo estava esperando o meu telefonema. Fica preocupado com meus artelhos (é assim que ele chama) e insiste em me visitar. Concordo, mas só amanhã. Hoje estou muito doente para ser vista por um médico.

Na cama, tomando os analgésicos e anti-inflamatórios de praxe, penso que talvez um cardiologista seja mesmo a solução para um coração como o meu. Um coração com DNA de lagartixa, que já foi partido e se regenerou mais vezes do que eu pude contar.

Quem sabe um cardiologista.

Quem sabe.

4

Hoje e amanhã vou trabalhar em casa. Minha mãe queria ficar comigo de qualquer jeito. Dei milhões de desculpas, mas a verdade é que não posso correr o risco de ela ainda estar aqui quando o doutor Eduardo chegar. A manicure vem na hora do almoço dar um trato no pé que restou. Vai trazer junto a cabeleireira especialista em escova lisa, para fazer de mim a doente mais sexy que o doutor oriental já visitou.

Acabo de tomar banho com o gesso enrolado em um saco do supermercado. Nunca pensei que um dia ia olhar com carinho para aquele logotipo impresso no plástico. SuperCaverna, o supermercado da dona de casa moderna.

E felizmente, do cardiologista moderno também.

Ele disse que chegaria às seis, mas eu estou nervosa desde as duas. Os dedos estão latejando, mas não quero deitar para não estragar a escova. Trabalho muito pouco, leio menos ainda, saber esperar nunca foi o meu forte. Ainda não decidi a roupa que me cai melhor para um visual doente. Numa hora dessas é que faz falta uma camisola digna. Tenho mania de dormir com as piores camisetas de propaganda que consigo ganhar. Se eu abro a porta usando a camiseta da Imobiliária Vila Bela, periga ele chutar o meu outro pé antes de ir embora correndo.

Um para as seis, eu de jeans e camiseta branca. Uma doente básica. Às seis e nem um milésimo a mais, o porteiro avisa que o doutor está subindo. Nunca ninguém foi tão pontual comigo, nem eu mesma. Quase caio para trás quando abro a porta.

O doutor Eduardo está todo de branco. Claro, ele não é bombeiro para aparecer aqui de vermelho. Os cabelos são escuros e curtinhos, a pele é bronzeada. Nunca vi nada tão bonito no meu hall. Nas mãos dele, dois sacos do SuperCaverna. Só falta agora fazer um sushi para mim. É muito estranho estar em casa com um desconhecido, mesmo que ele tenha vindo no papel de médico. O doutor Eduardo faz algumas perguntas sobre os artelhos e pede para ver as radiografias. Vou mancando buscar. Começa o exame. Deito no sofá, o doutor pega o meu pé engessado e fica olhando com atenção. Depois pega o pé inteiro e começa a fazer uma massagem muito delicada.

– Tocando em alguns pontos deste pé, é possível diminuir a dor do outro. O pé concentra terminações nervosas que agem sobre o corpo inteiro.

– Até sobre o coração?

– Até sobre o coração.

Não tenho nenhuma dúvida disso.

5

– Hora do lanche.

É imperdoável e abominável. Adormeci com o doutor Eduardo massageando o meu pé.

– Desculpe, não sei como isso aconteceu.

– Eu fiz acontecer. E também fiz estes sanduíches.

Ele me fez dormir. Ele fez o jantar. Estou literalmente nas mãos do doutor Eduardo.

Nada é mais normal que beijar o doutor depois que ele já levou os pratos para a cozinha, colocou uma música suave para tocar e sentou ao meu lado no sofá. Nada é mais normal que beijar o doutor durante horas, depois ir mancando com ele até a porta e vê-lo sumir nas escadas.

Minha escova lisa ficou black-power de tanto que o doutor Eduardo amassou. Nunca encontrei ninguém que usasse as mãos desse jeito. E isso que ele só tocou em mim profissionalmente e mais tarde respeitosamente, durante a beijação no sofá.

Não quero dormir para continuar pensando nele, mas os remédios dão tanto sono que posso sentir meus olhos fechando, fechando e desistindo aos poucos de ver as coisas por hoje. Só tenho tempo de pedir, por favor meu Deus, me faça sonhar com o doutor oriental, ou talvez fosse melhor ter pedido para Buda?

6

Tudo que eu quero é encontrar o doutor Eduardo outra vez. Tomara que eu piore bastante, assim vou ser obrigada a ligar para ele. Por que o meu plano de saúde não inclui um oriental fazendo respiração boca a boca?

Uma velha estatística dizia que um em cada cinco bebês seria chinês no futuro. Da minha parte, estou completamente pronta para cumprir a profecia. Já posso ver o meu chinesinho correndo pela casa, derrubando a porcelana e quebrando os dedos, como a mãe. Mas sozinha não faço milagres, para isso o doutor Eduardo tem que voltar.

O dia passa e ele não liga, não manda um telegrama, nem um origami. Seis da tarde, a campainha toca. Sua mãe está subindo, avisa o porteiro. Nove, onze, meia-noite. Nada. Vai ver o doutor está de plantão hoje. Como mulher de médico, só me resta entender e aceitar.

O que é um pé quebrado perto de um coração em pedaços?

7

A vida continua e eu nem lembro mais dos dedos quebrados. Mas do doutor Eduardo é mais difícil esquecer.

No começo eu pensava nele a cada minuto. Mentira, a cada segundo. Fui algumas vezes ao SuperCaverna para tentar encontrá-lo. Agora nem passo mais na frente do supermercado, de tanto que me dói.

Depois daquela noite, ele nunca mais ligou, nem eu. Sempre me fica a dúvida se eu deveria ou não ter tentado, mas é a minha ética particular: jamais insistir com alguém que não gostou de mim. Ou que parece não ter gostado.

Hoje vou sair pela primeira vez desde o episódio do oriental maldito.

Chega de bobagem, foi tudo rápido demais para eu ficar lamentando. Tudo tão rápido.

Uma história que não começa é tão triste quanto uma história que termina.

Estou com as minhas amigas num bar de karaokê. Videokê, é como se chama agora, quando a letra da música vai aparecendo na televisão para o candidato a cantor não errar. No meu caso não ajuda em nada. Cantar para mim é como beijar, só consigo de olhos fechados.

As amigas já soltaram a voz várias vezes e agora começa a pressão para eu cantar também. Pior mesmo é quando alguém puxa o coro: canta, canta. Estou chamando tanto a atenção na plateia como se estivesse no palco. Termino a cerveja (detesto cerveja) que está no copo, respiro fundo e vou para o sacrifício.

Um banquinho e uma televisão. Até que é divertido. O princípio básico é evitar a sedução dos trinados e volteios e tentar manter a afinação. Sem abrir os olhos uma única vez, encerro a apresentação e volto para o meu lugar junto com um aplauso ou dois.

– Você canta de olhos fechados, é?

8

Mas veja quem falando. O doutor Eduardo acaba de puxar uma cadeira e sentar do meu lado. Enxugo o primeiro copo de cerveja que encontro (detesto cerveja) antes de não responder.

Ele me beija e abraça com a propriedade de quem muito já fez isso. Pelo jeito seus artelhos ficaram bons, diz olhando para o meu salto. Estão ótimos, respondo. E depois vem o silêncio.

Acho que tenho a obrigação de continuar a conversa, já que a iniciativa foi do doutor. Seja o que Buda quiser.

– O que você tem feito nestes meses todos?

Segue-se uma detalhada descrição de atendimentos de urgência, cirurgias de rotina e até um transplante, o primeiro que ele assistiu. Minhas amigas, que não aguentam mais ouvir sobre vasos entupidos e artérias obstruídas, me chamam no banheiro para comunicar que estão de saída.

– Não me deixem só.

Inútil pedir. Sarah está enjoada com tantas transfusões, Júlia vomitou três vezes, Aninha teve uma queda de pressão e Martina desmaiou na mesa dos bonitões ao lado. As quatro batem em retirada e só me resta voltar para o doutor Eduardo e seus prontuários sanguinolentos.

– Suas amigas estavam pálidas.

– Não repare, elas são as últimas darks da cidade.

Indo para casa de carona. Não pense que eu vou convidar você para subir, doutor, não mesmo.

– Você me oferece um café?

– Hoje não fui ao SuperCaverna, não tenho nada em casa para oferecer.

Se tivesse assento ejetor no carro, o doutor Eduardo tinha acionado.

Ele vai embora e eu subo as escadas com uma sensação de vitória e um vazio que quase me faz duvidar de ter vencido.

9

Não sou médica, mas também dou plantão. Escondida na cama, pensando no desastre da noite, sou chamada para cobrir o desfecho de um sequestro. Só tenho tempo de colocar a primeira roupa e o carro da reportagem já está buzinando lá embaixo. Não pude nem pentear o cabelo, mas ninguém vai reparar numa hora dessas.

Confusão em um bairro chique. Dois homens invadiram uma casa. Era para ser um assalto sem maiores pretensões, mas deu tudo errado. A polícia apareceu, um dos assaltantes fugiu e o outro fez o casal e dois filhos de reféns. Tento escutar alguns vizinhos, mas estão todos histéricos. A situação de Marilda, repórter de outro jornal, é bem mais difícil que a minha.

O popular que ela estava entrevistando passou mal e agora morde a mão dela enquanto grita afaste-se, satanás. Tento falar com o comandante da operação, mas sou expulsa por cinco brutamontes e uns três deles ainda passam a mão na minha bunda.

Isso não vai ficar assim. Saio do meio da confusão e vou para os fundos da casa, onde a movimentação é bem menor. Alguns policiais, armas apontadas, lamentam estar perdendo a transmissão ao vivo de Jacarecatinga e Tupingaba. Estou na metade do caminho entre os homens da lei e a casa quando uma porta se abre e o bandido aparece segurando dois adolescentes pelos cabelos.

– Baixem as armas ou eu mato os dois!

Só pode ser um pesadelo. Em um segundo todo o aparato se desloca para os fundos da casa. Canhões de luz, centenas de milhares de policiais, carros com sirenes aos berros, helicópteros, imprensa, a festa está completa.

– O que aquela desgraçada está fazendo ali?

Desgraçada é a sua mãe, eu sou só uma jornalista no cumprimento da missão.

Não sei se me jogo na grama, se saio correndo ou choro. Só sei que de repente alguém me pega pelo pescoço e começa a me arrastar, não imagino para onde. Demoro um pouco para entender que tem refém novo na jogada: eu.

10

Já falei, sou contra desmaiar em público. Mas desta vez foi mais forte do que eu. Com um calombo gigantesco na testa e dor no corpo inteiro, só peço que o doutor Eduardo não seja plantonista no pronto-socorro para me ver nessa situação humilhante.

Como disse, desmaiei. Tudo que sei foi contado pela minha mãe, cujo depoimento transcrevo a seguir.

"Ia tomar o café da manhã, mas resolvi antes ligar a tevê para assistir o jornal. Só pode ter sido intuição de mãe. Estava levando o pão com geleia (light) à boca quando vi. A imagem não era nítida, tinha sido filmado de longe, mas eu tive certeza de que era ela.

O bandido segurava uma arma na mão e alguma coisa que se parecia com uma boneca de pano gigante na outra. Ele puxava a cabeça da boneca e dizia que ia estourar os miolo (sic) dela.

Acho que reconheci pelo cabelo, que nunca está muito penteado, mesmo. A câmera se aproximou um pouco, deu um zoom, acho que o nome é esse. E eu tive a certeza de que minha filha era mais uma vítima da criminalidade. Nunca imaginei ver tanto pavor no rosto de Maria Ana. Os olhos esbugalhados, o nariz torto, um esgar na boca e um fio grosso de saliva escorrendo pelo pescoço. Pensei, minha pobre filha, que péssimo momento para ser fotografada.

Os policiais ameaçaram atirar e o bandido ameaçou fazer Maria Ana de escudo. Nestas alturas eu, como mãe, estava desesperada. Foi quando um agente vestido com um macacão preto imobilizou o assaltante por trás e conseguiu desarmar o bandido. Maria Ana caiu de cara no chão e eu não posso afirmar, mas acho que todos os outros policiais, cachorros e repórteres passaram por cima dela.

A televisão cortou a transmissão nesse ponto. Depois uma colega da minha filha, uma que anda com um homem mordendo a mão dela e gritando afaste-se, satanás, me contou que Maria Ana foi deixada sozinha na porta do pronto-socorro. A sorte foi que eu tinha ligado a televisão antes de tomar café. Senão, sabe lá o que podia ter acontecido."

11

Não saí nada bem na primeira página dos jornais. Pela foto, meu chefe achou até que eu estava morta e não vinha trabalhar hoje.

Acabei ganhando uma coluna para contar o episódio, impressões sobre a violência em texto assinado e tudo. Meus quinze minutos de fama chegaram e foram ridículos.

Telefone para mim. Deve ser a funerária para buscar o meu corpo.

– Maria Ana, quase não acreditei quando vi a sua foto no jornal.

– Não acredito que você viu a minha foto!

Como médico que é, o doutor Eduardo quer saber sobre a minha saúde, manda eu fazer um raio X, diz que passa mais tarde para me ver. Nada como uma mulher que sabe despertar o interesse científico dos homens.

12

A mão dele no meu calombo da testa não se parece com um carinho. Ele quer saber se eu fiz uma tomografia. Como posso saber, se estava desmaiada?

O doutor me enche de recomendações. Vá a um neurologista amigo meu. Faça um eletroencefalograma. Tome gardenal, vai fazer bem para você.

É um péssimo dia para receber um médico, estou em estado praticamente terminal. Todo de branco, bonito como da primeira vez em que esteve aqui, o doutor Eduardo me olha fixamente com seus lindos olhos puxados. Devemos parecer um famoso casal do cinema, Jessica Lange (ele) e King Kong (eu).

– Você é uma garota e tanto, Maria Ana. Pena que é tão complicada para mim.

Uma patada a mais na cabeça não vai fazer diferença alguma hoje. Vejo o doutor recolher seus instrumentos de médico sem falar nada. Vou dizer o quê para um cardiologista que não entendeu nada do meu coração doente?

13

E ele era simples demais para mim.

14

Fim.

(Quase) no lucro

D esperto com o telefone tocando, histérico, às oito da manhã. Número desconhecido, deve ser telemarketing. Como os atendentes de telemarketing acordam cedo. Os de TV a cabo me ligam antes das sete. Os de telefonia celular começam pelas 7h30. Esses dias, aproveitando que a moça já tinha acabado com o meu sono, pedi para baixar o preço do meu plano. Prontamente ela me ofereceu 50% de desconto. Desliguei feliz, não sem antes dar a nota máxima pelo atendimento recebido. No mês seguinte, quando a conta chegou sem desconto algum, liguei para reclamar. Resposta: a companhia nunca dá 50% de desconto para ninguém. A atendente me enganou para se livrar de mim. Desse momento em diante, minha guerra ao telemarketing ficou ainda mais sangrenta.

O telefone não para de tocar. É a estratégia. Eles ligam várias vezes, até que você atende gritando.

– Eu não quero nenhum upgrade no meu plano!

– Maria Ana? Aqui é o Marco, da Eventos aos Quatro Ventos.

– Perdão?

– Marco, que assina uma coluna no blog Organização Orgânica.

Não sei quem é, mas dá para ver que o tal Marco gosta de empresas com nomes criativos.

– Nós trabalhamos juntos no *Pão Nosso*. Vai dizer que esqueceu de mim?

Marco, repórter do *Pão Nosso*, o jornal do Sindicato dos Padeiros. Eu era sempre escalada para as notícias sobre salgados, enquanto ele cobria a parte de confeitaria. Se não me engano, mas talvez me engane, ficamos na festa de final de ano do jornal. Só nós ou o estagiário junto? Há quanto tempo? Dez anos? As lembranças sempre me confundem quando comemorações e sidra vagabunda se combinam – de onde eu venho, o espumante ainda não havia dominado o mundo e as pessoas bebiam sidra. Do fundo da minha memória vem a sombra de alguma peculiaridade que Marco tinha. O que seria mesmo?

– Como foi que você me achou?

– Faro de repórter. Tem um minutinho?

Lição para a vida: sempre que alguém perguntar se você tem um minutinho, despeça-se das horas seguintes. Marco é um prolixo, já me relatou uma década inteira e eu ainda não entendi o que quer de mim. Nesse momento ele discorre sobre o fim do noivado com uma certa Adriana – que eu nem sabia existir.

– Desculpe interromper, mas eu tenho uma reunião daqui a pouco.

– Calma, já estou terminando.

E leva mais vinte minutos. Minha orelha ferve como se, em lugar de palavras, estivessem despejando azeite quente nela.

– E foi isso. Mas não fiquei chorando, até porque conheci a Lena.

– Marco...

– Era como se eu precisasse abrir uma escotilha, entende?

– Marco...

– Escotilha é pouco. Uma janela. Melhor ainda, uma porta. Não, um portão.

Quando não aguento mais ouvi-lo enumerar aberturas, faço a ligação cair. E para não correr o risco de ele ligar de novo, aperto o botão off. Encosto a orelha na parede fria e volto a dormir.

( )

Acordo perto das dez da manhã. Sou a minha própria patroa e faço eu mesma os meus horários, o que é bastante deprimente quando não se tem nada marcado no dia inteiro. Melhor reativar o celular, não vai aparecer compromisso algum se meu único elo com o mundo estiver fora da área de cobertura.

Mal tiro a mão, ele toca. Número desconhecido. Marco ou trabalho? Atendo.

– Alô?

– Falo com Maria Ana?

– Depende. Quem é?

É a secretária do dermatologista avisando da hora de refazer o botox. No momento, posso me dar por satisfeita se conseguir dar de comer às minhas rugas. Desligo e o telefone toca de novo. De novo, número desconhecido.

– Alô?

– Você ouviu até que parte? A da escotilha?

O bom de se contar com um péssimo serviço de telefonia no país é que as ligações podem dar defeito quando a gente mais precisa.

– Alô? Alô?

– É o Marco. Da Eventos aos Quatro Ventos.

– Alô? Alô? Quem é?

– É o Marco, Maria Ana. Está ouvindo?

– Se tiver alguém aí, mil desculpas, mas a ligação falhou. Mande um whats.

Desligo certa de que nunca mais vou falar com Marco. Então entra uma mensagem.

"Você topa ser mestre de cerimônia em uma formatura da turma de Comunicação da ARGS? Aguardo resposta urgente. Marco – Eventos aos Quatro Ventos."

Se você tem necessidades, nunca tenha certezas.

– Alô? Marco? Não ouvi direito a parte da escotilha. Pode repetir?

( )

A Eventos aos Quatro Ventos é uma linha de montagem de formaturas, aniversários, casamentos, bodas, *débuts* e outras ocasiões festivas. Ou não. No box ao lado do meu, uma senhora de idade trata dos detalhes do seu funeral. Será que pretende ser enterrada viva?

Marco é metódico e explica cada tópico várias vezes, como se fosse possível eu não entender. Fala tanto que acabo me distraindo. Minha atenção vai toda para a gravata dele, mosquitinhos ou mosquinhas estampadas em um fundo azul-calcinha.

– Pensei no seu nome porque nunca esqueci sua presença forte e sua boa dicção.

– E você acha que elas continuam OK? Digo, a presença e a dicção.

– Intactas como eu lembrava. O mestre de cerimônias é isso, uma imagem agradável e uma bela voz a serviço do brilho dos outros.

"Intactas como eu lembrava". Acho que alguém andou pensando em mim nesses anos todos. Fico lisonjeada com a definição de Marco, ainda que discuta a "imagem agradável" bem na hora em que preciso refazer o botox. Para ser sincera, não notei grandes sinais de rejuvenescimento em mim além da testa parada. Se Marco me contratar mesmo para apresentar a formatura, pedirei que meu ex-

-marido Orly me indique o médico amigo dele que oferece desconto no procedimento.

– Você gostaria de fazer um teste?

– Agora mesmo. Estou preparada.

Vou com Marco para um auditório. Ele me entrega um papel e pede que eu fique no púlpito. Traz água, recomenda um pequeno gargarejo e me ensina alguns exercícios de voz. Direciona uma luz forte para o texto que devo ler e senta na plateia.

– Pronuncie as palavras com leveza, como se elas fossem cigarras a voar. Três, dois, um.

– Abigail Santos. Amélia de Jesus. Anita de Souza Silva. Bárbara Bastos. Bibiana Aranha.

Quando chego ao último nome, Zilá Monteiro, Marco levanta. E me aplaude.

( )

– Tem certeza de que esse seu médico é quente?

– O Sumidade? Assim você até me ofende. O Sumidade tirou nota máxima em medicina.

"Nota máxima em medicina", um típico conceito com o selo de tosquice Orly. Quero ver o diploma na parede do médico, isso sim. A secretária nos atende de má vontade.

– Aguardem ali que o atendimento é por ordem de chegada.

– Mas o Sumidade disse que era só vir.

– E é, mas vocês têm que esperar a vez.

– Por obséquio, a senhora pode me dizer o nome verdadeiro do doutor Sumidade?

– É doutor Arthur. Agora, por favor, liberem o balcão para o próximo paciente.

Fico em pé com Orly no corredor do prédio. A sala está lotada, mais de vinte mulheres na minha frente e um velho que parece empalhado, mas sem rugas.

– Você podia aproveitar e botar um silicone. Não é para falar, mas seus seios já foram mais frescos.

– Não adianta tentar diminuir minha autoestima, Orly. Ela já é tamanho PP.

Quase três horas depois, eu de pé e encostada em uma parede com acabamentos pontiagudos de cimento, a secretária nos chama para o consultório do doutor Arthur. Estou tão cansada que posso apostar em um diagnóstico mais completo para atenuar os danos que viver causou à minha aparência: fio de ouro, preenchimento, mesoterapia, laser fracionado, reencarnação.

– Sumidade, que finesse!

– Orly, que surpresa.

Um observador imparcial talvez notasse que a surpresa a que o doutor Arthur se referiu não parecia boa. Mas eu, que precisava do desconto que Orly prometeu, tento ignorar a evidência.

Depois de abraçar o doutor Arthur longamente, Orly introduz o assunto.

– Trouxe aqui uma pessoa que precisa muito das suas mãos de fada. É a minha ex-esposa, mas claro que quando eu casei ela era menos enrugadinha.

Levanto para sair da sala. Orly me segura.

– Não sabe mais brincar?

– Doutor Arthur, agora o Orly já pode sair e eu converso com o senhor.

O doutor Arthur combina de ligar para Orly e repassar um percentual sobre o que eu gastar no consultório. Que, espero, seja pouco e em muitas parcelas. Pergunto se amanhã estarei bem, é minha estreia como mestre de cerimônias da ARGS, Academia do Rio Grande do Sul, e não posso me apresentar como se tivesse caído de cara em um cacto. O médico me sugere botox e laser, que quase não deixam marcas, parcelados em seis vezes. Aperta daqui, aperta dali, se eu vender o meu Ray-Ban e cozinhar mais em casa, não é tão difícil de pagar. Topo. A assistente passa pomada anestésica e eu durmo enquanto a fórmula faz efeito. Acordo com a primeira picada. Não demora e vou embora com a sensação de que minhas bochechas estão esticadas e pesando duzentos quilos. O doutor Arthur me deseja sorte (por quê?) e marca a revisão para dali a uma semana.

Faz quase duas horas que meu amigo Luciano tenta disfarçar as marcas que as agulhas deixaram. Ele trouxe reforços. Enquanto tenta remendar de um lado, seu assistente, Fabiano, retoca do outro. Se os dois não colocam muita base, dá para notar as picadas – algumas sangrentas, todas roxas. Se colocam base o bastante, parece que vou trabalhar no teatro Kabuki. O jeito é arrumar o cabelo de forma que fique tapando o rosto e colocar óculos grandes. Até que fiquei ajeitada. Jackie O. depois da catapora.

As cortinas se abrem revelando os professores da faculdade sentados à mesa, eu no púlpito e os formandos em suas cadeiras. São muitos. Nunca vi tantos. Estão ansiosos para serem chamados e meu papel é fazer isso com a minha boa imagem e voz agradável. Não, acho que é o contrário. Começo a ler os textos formais, depois o reitor fala, os professores falam, a pessoa que organizou a formatura fala e eu anuncio todo mundo.

– Zilá Monteiro.

Quando termino o último nome e os formandos jogam seus capelos para o alto ao som de *We Are The Champions*, minha garganta dói como se um escovão de aço raspasse nela. Se essa nova atividade deslanchar, precisarei de uma fonoaudióloga urgente.

Marco me espera nos bastidores. Beija minhas mãos, diz que as palavras saíram da minha boca como drosófilas – ele não é muito bom de figura de linguagem. Pergunta se estou livre para a formatura de Engenharia na semana seguinte. Devido aos hematomas em volta da boca, não posso rir, mas meus olhos gargalham pelo sucesso. Quer tomar um vinho para comemorar. Aceito apenas pela perspectiva de um líquido em temperatura ambiente descendo pela minha garganta machucada – ideia que se revela péssima. No bar, Marco tenta me beijar, eu não quero, ele alega que já fizemos isso, eu digo que eram outros tempos, ele pergunta se tenho alguém, eu digo que tenho meus princípios, ele insiste, eu digo que vou embora, ele começa a chorar. Chorar muito. E a particularidade de que eu não lembrava volta no mesmo instante. É isso. Marco chora por tudo, por um problema no trabalho, por uma boa reportagem, por uma alegria, por uma tristeza, por um orgasmo. É uma característica física, não tem a ver com emoção. Na época ele me contou das suas glândulas lacrimais hiperdesenvolvidas que, por qualquer estímulo, derramavam. Estimulei e o resultado é esse. Sirvo uma taça de vinho enquanto ele tenta se controlar. Resta mais de meia garrafa ainda. Bebo rápido para a noite acabar logo.

+10

( )

– Você tem a pele muito sensível. Nunca vi nada parecido.

O doutor Arthur tira fotos dos meus hematomas com cara de investigador de novela, concentrado e canastrão. Examina um a um com uma lupa. Coloca os óculos. Senta na sua mesa cheia de caixinhas, canetas, blocos, relógio, calendários e porta-retratos. Tira os óculos. Coloca a cabeça entre os braços sem dizer nada.

Sempre chega uma ocasião em que a gente fala uma frase que ouviu pela vida inteira.

– É grave, doutor?

Ele levanta a cabeça e me encara fixamente.

– Não.

É a minha vez de não dizer nada. O doutor Arthur quase me matou do coração.

– Devo tomar algum remédio?

– O tempo vai curar.

– Terei alguma sequela?

– Nenhuma.

– Alguma recomendação?

– Volte em uma semana.

Cubro o rosto com o cabelo e vou embora sem que o médico sequer se despeça. Agora que trabalho com minha imagem agradável, melhor ouvir uma segunda opinião.

( )

Já estou com menos hematomas na formatura da Engenharia. Nos bastidores, Marco me cumprimenta abraçado a uma mulher. É

Lena, a que salvou a vida dele. E a minha. Não que eu não goste de homens que choram, mas o caso de Marco não é de sensibilidade, é de patologia.

A produtora executiva da Eventos aos Quatro Ventos me passa uma longa agenda de formaturas e pergunta se eu também faço casamentos. Talvez tenha confundido o meu longo preto com uma batina. Marco me socorre, muitos noivos agora querem uma ministrante antes do casamento no civil. Alguém que diga palavras bonitas e dê uma bênção.

– Mas bastam palavras bonitas?

Isso mais dicção clara, voz boa, imagem agradável (sempre ela) e o mais importante: redação própria, diz a produtora.

Falaram com a pessoa certa. Redação própria é comigo mesma.

Noivos, aí vou eu.

A vida é feita de (quases)

A semana tem seis dias e uma calamidade pública, o domingo. E o de hoje ainda veio gelado e chuvoso. Na falta de um homem, fico na cama até tarde vendo Fórmula-1. Meu consolo é que tem mais gente devagar nesta manhã. O Rubinho, por exemplo.

Ainda bem que a faxineira sempre guarda a tesoura de unhas onde eu não possa achar nunca mais. Vai começar um programa sertanejo e minha única esperança de não cometer o suicídio é sair neste minuto. Consigo me vestir penosamente. Frio, tempestade, alagamentos. Agora eu sei como se sente um expedicionário partindo para a Antártida.

Preciso de alguma coisa quente e reconfortante ou vou morrer congelada. Na falta de um homem, pode ser uma sopa de capeletti. Compro os jornais e entro na primeira cantina decente, ma non troppo. Faltam só mais umas doze horas e então eu poderei contar para os meus netos: crianças, sabem aquele domingo?

A vovó sobreviveu.

2

Ligo para o meu amigo Carlinhos, que é muito mais mulher que eu. Ele está saindo para o circo em pleno domingo de chuva e eu resolvo que também vou. A última vez que entrei no circo foi quando eu era um feto. Minha mãe teve o desejo repentino de comer maçã do amor sentada em uma arquibancada. Sorte que uma companhia qualquer estava se apresentando na cidade, ou tudo poderia ter sido pior. Eu poderia ter nascido com a cara da mulher-barbada. Carlinhos está aqui por causa de um cartaz da Família Voadora Sacarov, com seus trapezistas trigêmeos sem camisa. Como todo artista de circo que se preza, o clã vem da Rússia e/ou adjacências. Carlinhos mal pode esperar para ver de perto os irmãos Ricardov, Paulov e Amarildov.

Sentados na cadeira dura comendo churrasquinho no espeto. No picadeiro, Karinov, a domadora de gatos chechena. Tem o bichano que sobe em mastros, outro que pula aros de fogo, o gran finale é uma dança árabe com gatas vestidas de odaliscas. Ou é impressão minha, ou uma lágrima rolou no rosto de Karinov quando o olhar dela cruzou com o meu churrasquinho.

Próxima atração, palhaços. Apesar da maquiagem e das piadas sem graça, até que o mais alto é ajeitado. Pena que o número é rápido, dura o tempo de o palco ser preparado para a entrada de Veronikov, a contorcionista tcheca. Ela quase vira do avesso, agora mesmo está com a cabeça onde deveria existir uma bunda. Veronikov encerra o número dançando cheek-to-cheek com Godunov, o urso sérvio.

Então começa o maior espetáculo da Terra.

3

Ele chega escoltado por dois albinos de armadura. Um golpe certeiro e a capa que usa é arremessada para longe, revelando uma malha branca mais reveladora ainda. Alguns gritos de mulher começam a ser ouvidos aqui e ali e tudo indica que não são gritos de medo.

Mascarado, de malha branca e cartola. O apresentador anuncia: respeitável público, com vocês, o único, o magistral, o estupendo Robertov, o mágico eslavo.

Carlinhos e eu acabamos de nos apaixonar pelo mesmo homem. Assistimos ao número embevecidos, rivais no amor e aliados na paixão. As mágicas de Robertov são tão sensacionais quanto ele. É pomba que some, lebre que aparece, tem até um cachorro serrado ao meio. De repente Robertov vai ao microfone e fala com sotaque argentino, apesar de ser eslavo, que precisa de uma voluntária. Tenho que segurar Carlinhos para ele não se atirar no picadeiro como se fosse um homem-bala. Um gay-bala, melhor dizendo.

Já que ninguém se ofereceu, Robertov vai procurar a voluntária na plateia. Carlinhos, você trouxe batom? Eu queria estar bem, caso ele me escolha.

– Hermosa señorita de boquita roja, quiera acompañar-me.

A hermosa em questão sou eu. Robertov me conduz com delicadeza pela mão e posso sentir o olhar de inveja de todas as mães de filhos ranhentos da plateia. Gentil como só um eslavo saberia ser, Robertov faz com que eu me deite no centro do picadeiro e diz que eu vou levitar.

Não sei se é mágica, se é sugestão, se é a presença dele. Só sei que basta olhar para Robertov e eu começo a flutuar.

4

Terminada a apresentação, Robertov me dá uma rosa vermelha, que eu quase já matei de tanto apertar. Antes dos albinos me conduzirem até a cadeira, ele passa um número de celular e ordena, em argentinês, que eu ligue ainda hoje, depois do próximo espetáculo.

Meu corpo aterrissou, mas a alma não volta nem com as evoluções dos Sacarov sem camisa. Atenção, trigêmeos, se algum de vocês achar uma alma com pouco uso aí em cima, favor entregar na bilheteria.

Estou emocionada demais para prestar atenção nos Incríveis Machadov, os motociclistas albaneses. Ou para me interessar por

Valdomirov, o acrobata croata. Ou ainda para aplaudir a impressionante Natashov, a romena engolidora de fogo que vomita estrelas.

Não chove mais quando saímos. Me despeço de Carlinhos e corro para recapitular a tarde. O próximo espetáculo começa às nove, às onze já posso ligar para Robertov.

Não, eu não posso. Ele deve usar esta tática com todas, primeiro faz levitar, depois pede que telefonem e aí sabe-se lá o que acontece.

Sem coragem de ligar, afundo no sofá da sala e assisto até os gols da rodada. O carrinho que Jovenilço aplica em Lelezinho levanta a torcida, mas não o meu ânimo. O telefone tocando deve ser a minha mãe ou a minha irmã ou a minha amiga ou a minha professora primária, morta de saudades de mim. Homem é que não vai ser e muito menos Robertov, que se fosse mágico mesmo, daria um jeito de descobrir meu número.

– ¿Olvidaste de mi, hermosa?

5

Nunca subestime um mágico. Robertov adivinhou meu telefone e agora fala comigo em uma língua que se parece com o portunhol. E eu que sempre achei que o idioma dos eslavos devia ser incompreensível.

Resumindo, estou terminando de me vestir e vou apanhar Robertov no circo. Não sei que roupa escolher para sair com um mágico, acredito que ele deva gostar de brilhos e cores mais fortes. Por sorte ainda tenho o vestido de lantejoulas vermelhas que usei nos quinze anos da prima Jacque.

Chego ao que deve ser a entrada de serviço do circo. Os trailers dos artistas ficam estacionados uns ao lado dos outros. Todos trazem o nome do dono escrito dentro de uma estrela na porta. Lá está o de Robertov, inclusive com a foto dele de malha branca estampada na lataria. Desço do carro atolando o salto da sandália no terreno alagado.

Estou quase chegando ao trailer de Robertov. Mais uns poucos metros de barro e alguns escorregões e estarei a salvo. Demônios, a escada do trailer dele está quebrada e vai exigir de mim um número de equilibrismo. Agora que estou aqui, não volto atrás.

Primeiro degrau vencido, o segundo preciso pular e de repente, aquilo.

– ¿Mujer, que quieres acá?

6

Graças a Deus a vida fez de mim uma pessoa com nervos fortes. Outra mais sensível teria morrido de susto aqui mesmo, na escuridão, no barro e na escada quebrada.

Olho para a mulher que falou comigo e levo outro susto. É uma gorda, loira pintada com cabelos desgrenhados. Está enrolada em uma toalha gasta e tem na mão o enorme maiô de paetês que acabou de lavar.

Apesar da total falta de glamour do momento, reconheço nela a domadora de gatos chechena Karinov. Coitada, então é nisso que uma domadora de gatos chechena se transforma quando não está no picadeiro?

Falo que sou amiga de Robertov e vim buscá-lo para jantar. A mulher parece não gostar da explicação e, cada vez mais furiosa, grita desaforos para mim em portunhol, a provável língua oficial dos russos deste circo. Felizmente a porta de Robertov se abre antes que Karinov arranque o meu couro para tamborim.

– ¿Qué se passa, Karinov? La muchacha es mi convidada.

Os dois ficam discutindo e eu faço a longa travessia na lama de volta para o meu carro. Robertov me segue enquanto a domadora gorda, que cada vez me parece menos chechena, chicoteia suas ofensas sem piedade.

— Fique com sua amiga, Robertov, eu não vim até aqui para ver este espetáculo deprimente.

— Querida, Karinov es como una madre para mi. ¿Usted puede compreender?

Eu sempre posso compreender tudo. É por isso que estou aqui agora, tomando este vinho com Robertov, enfeitiçada pela história dele. É meio redundante dizer isso, estando com quem estou, mas não lembro de ter vivido outro momento tão mágico.

7

Robertov nasceu em uma pequena província da Iugoslávia unificada. Ele conta que, na sala de jantar da família, junto com os retratos de bebê dos filhos, havia uma foto emoldurada do Marechal Tito. Você pensa que o pai dele ouvia Ray Conniff na vitrola como o seu? Errou, o senhor Robertov ouvia long-plays com os discursos do Marechal.

Robertov cresceu forte e bonito graças à cesta básica bem fornida que o regime comunista nunca deixou faltar. Também teve a melhor escola estatal e, claro, muito esporte desde criancinha, como se vê no corpão que ele tem hoje.

Quando os irmãos começaram a seguir o destino de camponeses que já estava traçado, Robertov preferiu seguir um circo que estava passando pela cidade. Fugiu deixando apenas um bilhete, que o pai continuou a ler todos os dias, pelos anos seguintes, até morrer. Nesta parte da história, Robertov enxuga uma lágrima com a minha mão. Só espero que não precise assoar o nariz.

Robertov começou no circo como ajudante de um equilibrista. Era ele o menino que recolhia as argolas, buscava as latas, cuidava do paletó de strass do artista. Logo Robertov estava ajudando o domador, depois o contorcionista, até palhaço ele foi por algum tempo. Mas coube ao Magnífico Pedrov, o mágico ucraniano, descobrir o talento maior de Robertov.

Com Pedrov, Robertov aprendeu todos os truques da profissão. A aposentadoria do mestre fez dele o mágico oficial da companhia. E assim Robertov começou a correr o mundo, fazendo apresentações ora na Bielorrússia, ora em Los Angeles, ora em Araraquara.

Pergunto a Robertov se ele tem muitas mulheres espalhadas pelo planeta. Robertov não responde, apenas olha fixamente nos meus olhos. Não sei se me hipnotizou, mas acredito quando meu mágico diz que nunca conheceu ninguém como eu. Então Robertov estala os dedos e eu acordo.

Ao lado dele, no trailer.

8

Talvez eu viesse por livre e espontânea vontade, talvez deixasse para vir na noite seguinte. Mas gostaria ao menos de lembrar como foi que cheguei aqui. Não bebi demais, disso tenho certeza. Também não estava precisando tanto assim de uma noite de amor, para sair me atirando na cama do primeiro mágico que aparece. O mais estranho é ter esquecido de tudo, do instante em que ele me olhou nos olhos até agora. Não sei nem se vim de carro ou de vassoura voadora. Pior que isso, só a dor de cabeça. Será que ele me bateu e eu não notei? Será que os iugoslavos, quando excitados, estouram a cabeça das suas mulheres nas paredes do trailer?

Robertov traz o café na cama e deita comigo. O corpo dele é tão perfeito quanto a malha branca prometia, mas estou sem apetite para qualquer tipo de breakfast.

– ¿Mi adorada, qué se passa?

– Olha, Robertov, você não devia ter feito isso. Eu sou fraca para bebida e, pelo jeito, para mágica também. Você se aproveitou de mim.

– ¿Robertov se aproveitou de usted? ¿Y quiém gritava "Más, Más" en la noche intera? ¿Y quiém no me permitia dormir, no me deixava parar? Señorita, si alguiém si aproveitou acá, esse alguiém fue usted.

Essa agora. Sou ninfomaníaca e não sabia. Não sou de circo, mas pelo jeito dei o meu show. Me visto sem encarar Robertov e saio do trailer escorregando na escada quebrada. O vestido de lantejoulas vermelhas reflete a luz do sol e um dos albinos que trabalha com Robertov é obrigado a cobrir os olhos para não ficar cego.

Felizmente meu carro está estacionado perto do trailer. Mesmo sem levantar a cabeça, sei que todos eles, palhaços, equilibristas, trapezistas, elefantes e vendedores de churros estão ali, me vendo ir embora. Passando pelo portão, quase atropelo a loira desgrenhada que doma gatos, aquela que é quase uma mãe para Robertov.

– ¡Desgraciada. Usted se vá a conocer la vingancia de Karinov!

9

Meu colega Túlio Jorge, que faz a página de polícia, considera precipitado eu pedir proteção na oitava DP. Ele acha que o pessoal do plantão vai rir da minha cara se eu contar esta história.

Em todo caso, instalei um rastreador de chamadas no meu telefone e não tenho saído de casa depois que escurece. O porteiro tem instruções expressas para não deixar ninguém subir, muito menos as domadoras de gatos.

Profissionalmente, o momento não poderia ser melhor para o meu chefe.

Tentando apagar da mente o fiasco com Robertov, cumpro a minha pauta e depois fico fazendo o trabalho dos outros. Uma funcionária fracassada no amor, eis o segredo para o enriquecimento dos patrões.

Nesta noite estou deitada no sofá lendo um livro de autoajuda. Nunca tentei, mas chega uma hora na vida em que é preciso ter experiências mais radicais. A campainha da porta toca e desperta os meus piores pesadelos, todos de malha branca e maiô de paetê tamanho XL.

Não podem ser eles, eu pago condomínio em dia para ter segurança vinte e quatro horas. Espio pelo olho mágico, ninguém. Abro uma fresta na porta, nada. Espicho a cabeça para fora tentando ver melhor. Uma mão segura a minha.

– Robertov puede desaparecir no ar. Usted no, pequeña.

10

Se este livro não terminar logo, termino eu numa UTI de cardiologia.

Preciso ser amparada por Robertov para caminhar até o sofá. Não seja infantil, Maria Ana, tenha calma e domine a situação. Mágico era o Mandrake, esse aí não passa de uma mistificação. Está dando certo, se eu continuar repetindo isso para mim mesma, daqui a algumas horas estarei acreditando.

Mando Robertov sentar e inicio uma conversa civilizada com ele.

– Como você conseguiu meu telefone, imitação barata do Mister M?

Ele conta que um dos albinos de armadura anotou a placa do meu carro. Depois foi só pedir a ficha para um dos policiais civis que faz freelance de segurança no circo.

– Que história é essa da Karinov andar seminua na porta do seu trailer, xerox da Maga Patalógica?

Segundo Robertov, a domadora chechena e ele já foram apaixonados, mas hoje são unidos pela fraternidade que faz do circo, no mundo inteiro, uma família só. Agora entendo por que todos vêm lá de onde Genghis Khan perdeu as botas.

– E como eu fui parar na sua cama, clone do David Copperfield?

Robertov confessa que leva sempre uma dose de pó para dormir no fundo falso do anel. Naquela noite ele colocou uma porção insignificante no meu vinho e diz que em muitos anos aplicando este truque nunca viu ninguém pegar no sono como eu. Se o maître não ajudasse a me carregar para o carro, Robertov teria que me deixar dormindo no restaurante mesmo.

– E por que você tirou a minha roupa, cover do Tio Tony?

– Porque jo te quis, muchacha. De la misma fuerma que ainda quiero, corazón.

Eu sei que amanhã ou depois Robertov vai embora e eu, que não tenho a menor vocação para largar tudo e seguir o circo, fico sozinha outra vez. Mas isso só vai doer amanhã, ou depois. E hoje ainda tem uma longa noite pela frente.

11

A temporada foi um sucesso e o circo ficou na cidade muito mais que as seis semanas previstas. Agora chegou o momento de Robertov fazer as malas e continuar a viagem. Estamos perto do nosso gran finale.

Não gosto de despedidas e menos ainda neste caso, onde precisaria dizer adeus para uma trupe inteira. Depois de quatro meses morando no trailer com Robertov, fiquei amiga de todo o elenco. Até Karinov, a domadora chechena que me odiava, acabou gostando tanto de mim que deu meu nome a uma gata que nasceu ontem.

Marianov, a mais nova estrela do circo.

Os caminhões começam a sair e logo resta só o trailer de Robertov. Os albinos vão se revezar na direção para ele chegar descansado à próxima parada.

– ¿Mi linda, confessa ahora: tu me amaste tanto quanto jo te amei?

– Si, Robertov. Eu fui louca por você.

Ele sobe no trailer. Quem sabe um dia ainda vamos nos cruzar em alguma estrada, ele na ribalta, eu passando por Santiago da Compostela. Mas antes disso, preciso fazer uma última pergunta.

– Robertov, mi corazón, você é eslavo mesmo?

– Mi rica, tu Robertov es goiano!

12

Fim.

Um (quase) final (quase) feliz

Quando eu menos esperava, muito menos sabia de que jeito ia pagar as contas do mês, uma mina de ouro caiu no meu colo. Por mina de ouro, claro, entenda-se uma pequena renda – coisa que, nos últimos tempos, eu não tinha.

Trabalhos esporádicos, os mesmos que eu chamo de frilas e que a minha mãe chamaria de bicos, é o que a vida tem reservado para a maioria dos jornalistas que eu conheço. Poucos com mais de 40 anos resistem nas redações. Nada contra os mais moços, se eu pudesse, seria um deles para sempre. Mas a minha quantidade de aniversários não pode concorrer com o valor dos salários de quem saiu agora da faculdade, de jeito que nem o meu botox me salvaria de um passaralho – denominação pretensamente divertida para os expurgos em massa que acontecem de quando em quando nas empresas. Na minha vez, a conversa foi com o consultor contratado para modernizar o jornal – leia-se, dar um pé na minha bunda.

– Funcionária há quantos anos?

– Seis.

– Alguma vez ficou doente, tirou licença, faltou sem justificativa?

– Uma vez faltei porque peguei catapora. Depois quando o meu pai morreu. E, uns anos depois, pela morte da minha mãe.

– Ganhou prêmios? Algo que divulgasse o nome do jornal?

– Alguns. Estão aí no meu currículo.

– Certo. Dona Maria Ana, com essas qualificações todas, a senhora certamente vai arrumar outro emprego em qualquer jornal do país.

– Mas eu quero continuar trabalhando aqui.

– Digo, em caso de não conseguir outra colocação na cidade.

– Vocês estão me demitindo?

– Encare como a oportunização de um novo desafio profissional. Neste momento você não se enquadra no nosso perfil de rejuvenilização, mas por certo sua experiência será muito apreciada em outra empresa.

E isso que eu ainda não tinha completado 40 anos.

Hoje, aos quarenta e três, no auge – acho eu – da minha capacidade produtiva, não por virar noites trabalhando, mas por ter aprendido do único jeito que a gente aprende, fazendo e tomando na cabeça e fazendo outra vez, bem nesse instante da maturidade em que o consultor para assuntos de passaralho haveria de me considerar um cadáver a ser removido, eis-me aqui.

Bombando.

Apresentadora de eventos. E com a agenda lotada.

A quantidade de formaturas e prêmios a serem entregues todas as semanas criou um grande mercado para pessoas de aparência agradável, por si um conceito bem amplo, e voz boa – o que eu tenho, se me perdoam a imodéstia. Parecerá simples aos incautos ir até o palco, olhar para o público ansioso e recitar nomes, um a um, dando a todos a mesma importância.

– Guilherme de Souza. Guilhermina Araújo. Gustavo Rolim. Helena Albuquerque Pádua.

Não é nada fácil. E quando o formando ou premiado tem um nome de origem alemã ou outra língua com muitas consoantes, é mais difícil ainda.

– Luciana Diefenthaler Einssfeldst Engelbach.

São horas na frente do Google ouvindo as pronúncias, decorando os sons. Então, com a prática, qualquer nome sai como uma libélula da sua boca. É uma figura meio nojenta, mas ainda assim mais poética que as drosófilas de Marco.

Falando nele, foi dispensado por Lena e eu me achei no dever de ouvi-lo chorar por noites e noites seguidas. Afinal, as coisas melhoraram para mim porque Marco lembrou que eu existia. E até com mais força do que eu imaginava.

– Pode confessar, Maria Ana. Você esqueceu da nossa noite na festa do *Pão Nosso*?

– Claro que não, é que as recordações não são muito claras. Era só você e eu ou tinha mais gente?

– Só nós dois, óbvio. Quem mais estaria junto? O presidente do sindicado dos padeiros?

– Não precisa se ofender. É que eu tenho a impressão de que havia um estagiário.

– Só se foi depois. Na hora em que você ficou comigo, não tinha estagiário nenhum.

– Então devo estar confundindo você com outro.

– Você sabe valorizar um homem. Muito obrigado.

Embora com as glândulas lacrimais vertendo água por nada, Marco é querido, atencioso, educado e até bonitinho. Não é a descrição mais excitante do mundo, mas no meu histórico constam passagens bem piores. A recaída é inevitável. Recaída é como ele chama, para mim é tudo novidade. Não há o que me lembre de já ter ficado com Marco no passado. Por essas e outras é que troquei a sidra pelo vinho. Sobram mais neurônios na manhã seguinte.

Marco não sai mais da minha casa. Começa indo de vez em quando, então passa uma ou outra noite e, quando me dou conta, está usando a minha escova de dentes. Mas não é por carência que fico com ele, é pelos adjetivos. Em uma mesma frase Marco é capaz de me chamar de linda, maravilhosa, gênia e insuperável. Não estou em condições de recusar isso.

+10

Passado o primeiro impacto, o botox do doutor Arthur até que ficou ajeitado. Talvez um dos meus olhos esteja um pouco mais aberto que o outro, mas que ser humano não tem um dos lados um tantinho diferente? Ando gostando da minha cara no espelho e fazia tempo que isso não acontecia. Prova de que a fase é melhor é meu encontro com Wilson no corredor do prédio. Ele, que sempre me ignora, dessa vez faz festa. Chega a deitar no chão para ganhar carinho na barriga enquanto Ana, Luisa e Manuela, suas proprietárias, esperam ansiosas e com a porta aberta. Empurro meu ex-Lulu da Pomerânia na direção delas. As meninas entram com Wilson, Ana me acena com certo alívio e eu entro em casa com uma certeza.

Se você se sente bem, até os cachorros percebem.

(   )

Ensaio para a entrega do prêmio Persona Varejista do Ano. Um dos concorrentes é Ademar Russo. Escapo dos bastidores para abraçá-lo e desejar sorte. Se Ademar vencer, a comemoração será em um hotel, e sem hora para terminar. Já tem até quarto reservado para mim.

Não deveria, mas espio o resultado. Ademar Russo não é o vencedor. Se eu fico arrasada, imagine como ele vai se sentir. Aos noventa e dois anos, foi derrotado por um jovem empreendedor de trinta, dono de uma nova rede de hambúrgueres. Não é justo. A não ser que se alimente de hambúrgueres todos os dias, o empreendedor ainda terá muitas décadas para ganhar o prêmio. Justo na vez de Ademar?

No palco, depois de apresentar as categorias menores, chego ao grande momento da noite. É quando lembro do apresentador que errou o nome da Miss Universo. O que aconteceu com ele? Nada, no ano seguinte estava lá novamente, contratado para apresentar o mesmo concurso. E teve o episódio do Oscar. Chamaram o filme errado, que seguiu ganhando milhões de dólares nas bilheterias. Conclusão: trocar o nome do vencedor não prejudica ninguém. E é essa a ideia que vai entrando na minha mente.

– A Persona Varejista de 2017 é...

Nos segundos que dura o pequeno suspense até a revelação do nome, olho para Ademar Russo na plateia. Ele me retribui com um aceno ansioso.

– É...

A plateia se inquieta. Não posso mais adiar.

– Lucinho Lage.

Não tive colhão para anunciar Ademar Russo. A turma do empresário do hambúrguer aplaude com entusiasmo, vuvuzelas – em ocasiões assim, elas voltam das trevas – e um coro de "arrá, urru, Lucinho!". Nunca vou entender esses gritos de guerra que não rimam. Enquanto Lucinho se livra dos puxa-sacos e avança para o palco, vejo Ademar Russo saindo do auditório. Velhinho daquele jeito, ele estaria deitado na cama se não desse a vitória por certa. Lucinho se aproxima, tenho apenas alguns instantes com o microfone para mim.

E faço uso dele.

– Um instante de atenção, por favor. Em meu nome e, acredito, no de todos os presentes, gostaria de homenagear aquele que não foi premiado hoje, mas que é um exemplo para a nossa sociedade. Senhoras e senhores, palmas para Ademar Russo.

Na escada, ajudado pelos filhos, Ademar Russo se vira, surpreso. Correria nos bastidores, a produção não entende o que está acontecendo e também não gosta da minha intervenção no protocolo. A plateia levanta para aplaudir o decano dos varejistas. Lucinho precisa esperar o fim da ovação para começar o discurso que trouxe no celular.

– Sem saber que era impossível, foi lá e fez.

Por intermináveis minutos, o jovem empreendedor enumera chavões que, antes dele, o mundo empresarial repetiu à exaustão milhões de vezes para (des)motivar os pobres funcionários.

– Só no dicionário sucesso vem antes de trabalho.

Quando parece que vem o fim, vem é outra frase dessas. Parece que, no lugar de discurso, Lucinho está com as frases do Pensador na tela do celular.

– Caia sete vezes. Levante-se oito. Muito obrigado.

Enfim, o fim. Agora é descansar a garganta e a aparência para amanhã, quando celebro meu primeiro casamento.

– Você não podia ter feito aquilo.

Antes de ser meu namorado, Marco é sócio da Eventos aos Quatro Ventos. A DR de hoje foi motivada pelo meu "comportamento pouco profissional e em desacordo com os rígidos protocolos dos cerimoniais".

– Só pedi aplausos para quem deveria ser o vencedor.

– Sua opinião não importa. Você está lá para apresentar, não para votar. E isso que nem vou entrar no mérito de que você fez isso para ter vantagens depois.

– Não entendi.

– O velho é uma fonte de renda em potencial para você. Se você puxa o saco dele, pode ganhar trabalho ali na frente.

"O velho é uma fonte de renda em potencial para você" me soa como se Ademar Russo fosse um senhor que me ajuda. Um coronel que me banca. Um benfeitor que cobra favores. Quando digo isso,

Marco fica mais furioso ainda. Quase me empurra para fora do carro e vai embora sem derramar uma lágrima.

Já eu abro a porta chorando, deito chorando e até quando penso que preciso estar com o rosto descansado para minha primeira oficialização de casamento, continuo chorando. Haja gelo para desinchar meus olhos amanhã.

( )

Passo o dia esperando um contato de Marco. O casamento é às oito da noite em um clube metido a casa de campo, longe para cacete. E se eu chegar lá e tiver outra ministrante no meu lugar? E se eu não conseguir nem chegar lá?

Não é que o silêncio de Marco me preocupe: me apavora. Logo agora que a minha autoestima dava sinais de reagir. Se a pessoa física dele me deixar, eu vou sofrer, mas supero. Não será a vigésima, nem a última vez. Mas se a pessoa jurídica de Marco me abandonar, daí prevejo infelicidades no meu destino.

Me forço a viver como se estivesse tudo normal. Faço uma linda escova e, mais uma vez, a maquiagem de Luciano esconde as minhas tristezas. Por que a indústria cosmética não inventa um corretivo para as marcas no coração das pessoas? O vestido que vou usar na cerimônia é de Luciano. Nada melhor do que ter o mesmo corpo que o seu amigo. Tudo o que ele compra fica perfeito em mim. Não fosse isso e meu único vestido mais arrumado já estaria indo sozinho para as festas.

Às seis da tarde chamo um Uber com o meu discurso dentro da bolsinha de mão – de Luciano. É tão pequena que mal cabe o celular. Meu amigo acha que tudo o que uma pessoa precisa levar para uma festa são três camisinhas. Chave é dispensável, deve-se sair sempre com a ideia de pernoitar na casa de outrem. Nada como o otimismo.

Entro no salão sem a desfaçatez que tinha quando furava as festas para as quais não era convidada, isso pelos meus dezesseis anos. É como se eu, que vim para que o casamento aconteça, fosse uma penetra aqui. Nem sinal de Marco, nem da produtora executiva da Eventos aos Quatro Ventos. Espero estar no lugar certo. Não custa confirmar. Vai que eu case as pessoas erradas, depois não adianta reclamar no PROCON. Mas perguntar para quem sem que mandem o segurança me expulsar? Para uma mulher sentada sozinha em um canto, uma que parece tão desenturmada quanto eu.

— Oi, você me dá uma informação?

— Se eu souber.

— Esse é o casamento da Juzi e do Theo?

— Foi o que me passaram.

— E você sabe onde eu encontro o pessoal da organização?

— Eu não conheço ninguém. Vim só para trabalhar.

Uma luz amarela se acende no meio da minha cabeça. E junto vem uma pontada que pode virar dor em seguida. Depende só das próximas respostas da mulher.

— Que coincidência, eu também. Qual a sua empresa?

— É a Eventos aos Quatro Ventos.

A luz amarela agora é vermelha. A pontada já é dor.

— Então somos colegas, quem diria. Você vai fazer o quê, exatamente?

— Trabalhar na cerimônia.

A luz vermelha ficou preta. A dor se transformou em uma sirene. Acho que vou desmaiar.

— Ah, sim? Você é a ministrante?

— Eu vou cantar a Ave Maria depois que a ministrante der a bênção.

Interrompo minha queda já a poucos centímetros do piso frio. Bem nesse momento vejo que Marco vem em minha direção. Está com um terno mais justo e uma gravata lisa, sem os insetinhos voando. Comprou roupa nova para o casamento.

– Já se conheceram?

– Agora mesmo. Só faltou a gente se apresentar. Eu sou a Maria Ana.

– Sério? Eu sou a Ana Maria.

Ela é parecida comigo. Usa o mesmo cabelo, o vestido é de um modelo quase igual, o meu azul-escuro, o dela roxo. Mas o que nos deixa quase gêmeas é um certo desencanto em tudo, olhar, boca, ombros, postura. Eu que, nos últimos dias, pensei que tinha perdido esse jeito, agora me vejo igual ao que sempre fui.

Marco nos leva para uma sala reservada. Faço meus exercícios de voz, repasso o texto que levei a semana inteira escrevendo. Está bonito, espero que os noivos gostem. No fundo do cômodo, a cantora ensaia a Ave Maria para logo mais. Prontas, sentamos em cadeiras ao lado dos padrinhos e de frente para os convidados esperando o início da cerimônia. Para isso só precisamos da noiva – mas a noiva sempre atrasa.

São quase nove e meia quando ouço acordes de sax. A noiva escolheu Kenny G. para entrar no salão. Só pode ser uma noiva mais velha. Que menina surgiria para o futuro marido ao som de Kenny G.?

Não sei qual a idade dela. Mais de quarenta, talvez. Tem muitas rugas, mas isso porque não para de rir. O noivo também mal segura o sorriso. Estão felizes. O local, a decoração, a música, é tudo um tanto cafona. Não poderia haver palco melhor para uma ministrante sentimental com noções de marketing.

+10

– Estamos aqui para participar de um momento muito importante na vida de Juzi e Theobaldo. Mas antes de iniciar essa cerimônia, eu gostaria de inverter o protocolo...

(Nesse instante, Marco levanta da cadeira e mexe na gravata.)

– ... e adiantar algo que eles devem estar loucos para fazer. Juzi, Theobaldo. Antes de mais nada, eu quero que vocês se beijem.

Juzi e Theobaldo não perdem a oportunidade e se grudam sem pudor, para delírio dos convidados. Quando enfim se cansam, começo a falar. Mais de trinta minutos depois, a única pessoa que continua rindo é a noiva. Padrinhos, o noivo, parentes, amigos, Ana Maria, a organização da festa, os garçons, os seguranças, os manobristas, todos choram desesperadamente. Marco, então, está passando do estado sólido para o líquido, o terno ensopado de tantas lágrimas. Abençoo as alianças – a ministrante goza desse direito – que vão para os dedos de seus legítimos donos. Ouvem-se os acordes da Ave Maria.

– Se ainda tiverem disposição para mais um beijo, fiquem à vontade.

Posso apostar que Juzi e Theobaldo vão direto para o banheiro, tão logo recebam os cumprimentos. Isso se não forem antes. Meu primeiro casal não é como aqueles que mal se tocam para não estragar o cabelo ou amassar a roupa para as fotos. Entendo isso como um sinal de sorte.

Missão cumprida, chamo o Uber para voltar à civilização. A mãe da noiva se ofende porque vou embora, o padrasto do noivo dá em cima de mim, os garçons me oferecem espumante sem parar, a noiva tira fotos comigo e um casal de dois homens lindos, Jarbas e Duda, me contrata para oficializar o casamento deles em Porto Seguro. Vida boa, aí vou eu. Se ficasse até o fim da festa, aposto que fecharia mais alguns casamentos. Mas tudo o que quero é minha cama.

– Posso ir com você?

É Marco, ainda todo molhado de chorar, querendo se reaproximar depois do papelão de ontem.

– Pedi o Uber até a minha casa.

– É para lá que eu vou.

Mas não vai mesmo. Levo Marco comigo, mas até um bar. No momento estou naquela fase em que o nervosismo dá lugar à fome. Acontece muito comigo.

– Você esteve sensacional.

– Sensacional é pouco. Eu estive espetacular.

– Mais que espetacular. Nunca houve ministrante como você.

– Obrigada, mas não adianta tentar me agradar agora.

Perigo. Lágrimas à vista.

– Pede um filé para dois ao ponto, com batata frita e sem salada, que eu já volto.

No banheiro, depois de horas sem olhar para o celular, encontro uma mensagem de Ademar Russo. Quer escrever um livro sobre a história do Resta Um. Respondo marcando uma reunião para amanhã mesmo. Incrível como sucesso chama sucesso.

Minha escova foi para o espaço e a maquiagem escorreu toda. Não há produção que resista a um país tropical. Examinando com atenção, um dos olhos está realmente mais fechado que o outro. Tenho que marcar um retoque no botox com uma médica que me recomendaram, a doutora Ana Paula. Não que isso me preocupe agora. A vida é simples quando anda nos trilhos.

Em uma parede do bar, recados escritos com giz pelos clientes. Entre atrocidades com o português e palavrões variados, uma frase se destaca:

UMA MULHER SEM UM HOMEM É COMO UM PEIXE SEM UMA BICICLETA.
GLORIA STEINEM

O jantar enfim termina e vou para casa na companhia da única pessoa que merece me acompanhar nesta noite: eu. Pode ser que amanhã ou depois eu acorde um lixo, na sarjeta, com pena de mim, sem vontade de levantar da cama. Mas hoje, ah, hoje eu estou bem.

NOSSO PROPÓSITO É TRANSFORMAR A VIDA DAS PESSOAS ATRAVÉS DE HISTÓRIAS. EM 2015, NÓS CRIAMOS O PROGRAMA COMPRE 1 DOE 1. CADA VEZ QUE VOCÊ COMPRA UM LIVRO DA BELAS LETRAS VOCÊ ESTÁ AJUDANDO A MUDAR O BRASIL, DOANDO UM OUTRO LIVRO POR MEIO DA SUA COMPRA. TODOS OS MESES, LEVAMOS MINIBIBLIOTECAS PARA DIFERENTES REGIÕES DO PAÍS, COM OBRAS QUE CRIAMOS PARA DESENVOLVER NAS CRIANÇAS VALORES E HABILIDADES FUNDAMENTAIS PARA O FUTURO. QUEREMOS QUE ATÉ 2020 ESSES LIVROS CHEGUEM A TODOS OS 5.570 MUNICÍPIOS BRASILEIROS.

SE QUISER FAZER PARTE DESSA REDE, MANDE UM E-MAIL PARA
livrostransformam@belasletras.com.br

Este livro foi composto em Roboto e impresso em papel pólen 80g. pela gráfica Copiart em novembro de 2017.